Udo Steinke:
Ich kannte Talmann
Erzählungen

Deutscher
Taschenbuch
Verlag

dtv

»... bis wir eines Tages merkten, daß der Schmerz unser Antrieb ist, daß alles, was wir denken und tun, aus Verletzung kommt. Oder fast alles.« *Heinz Piontek*

Originalausgabe
April 1980

Umschlaggestaltung: Celestino Piatti
Umschlagfoto: Lehrer, München
Satz: IBV Lichtsatz KG, Berlin
Druck und Bindung: C. H. Beck'sche Buchdruckerei, Nördlingen
Printed in Germany · ISBN 3-423-06305-X

Über die Titelgeschichte
schrieb Wolf Biermann:

»Über Deine Talmanngeschichte muß ich staunen: sie ist so schön und wahr und traurig und ermutigend. Eine DDR-Geschichte hast Du geschrieben, die sich manche Westchauvinisten hinter den Spiegel stecken sollen und über die die Westlinken nachdenken und nachfühlen können. – Dieser Talmann! Es ist die Schuld der Nazis, daß er seine Sprache verlor, und es ist die Schuld der DDR-Misere, daß er sie nach '45 nicht wiederfinden konnte. Und es ist Dein Verdienst, daß Du diese Sprachlosigkeit so glänzend zur Sprache geschrieben hast.«

Der Autor

Udo Steinke, geboren 1942 in Lodz, wuchs in der Nähe von Leipzig auf. Ende 1968 setzte er sich während einer Dienstreise in die Bundesrepublik ab. Er nahm Gelegenheitsjobs in einer Putzkolonne und als Regalauffüller in einem Abholmarkt an, arbeitete als Hilfsarbeiter in einer Autofabrik, wurde Redakteur für klassische Musik bei einer Schallplattenfirma, dann Werbeleiter eines Verlages und zuletzt Chefredakteur der Lehrerzeitung ›Das Gymnasium in Bayern‹. Seit 1979 lebt Steinke als freier Schriftsteller in Baumburg und München.

dtv
neue reihe
Literarische Beratung:
Horst Bienek

Inhalt

Sie saßen und tranken am Teetisch

Herr Sachsenröder bedauerte schon während seiner Berufsausbildung, daß er keine Möglichkeit fand, wenigstens tausend Kollegen im *Deutschen Reich* persönlich zu kennen.

Sorgfältig überlegte er, wieso unter Millionen etwa gleichverdienender Menschen es keinen einzigen gab, der »Geschichte« machte, wie Krupp zum Beispiel. Eine Handvoll von Kruppähnlichen dirigiert und delegiert Macht und Einfluß in ein paar tausend Köpfe, Minister sind unter diesen Köpfen, hohe Beamte, Ärzte usw., und das Lebenskarussell bewegt sich auf zwei getrennten Scheiben: Auf einem winzigen Scheibchen lümmeln ein paar tausend dirigierter Delegierter, auf einer unübersichtlichen Riesenscheibe wir, so versuchte Herr Sachsenröder sich diese »Selbstverständlichkeiten« zu erklären. Und sollte ein einziger versuchen, von seiner Scheibe abzuspringen, fegt der Zentrifugalriese den Abspringer in irgendein Loch – denn die Scheiben stehen sehr weit auseinander.

Gleichmütig bleibt die Scheibchen- und Scheibenbesatzung ewig gleich, wunderte sich Herr Sachsenröder.

Und morgen ist sein Hochzeitstag. Das Fräulein Jung soll Frau Sachsenröder werden. Tolstoi und Heine, Rilke und Mörike haben – neben vielen anderen – Herrn Sachsenröder geholfen, seinen Eheentschluß nicht rückgängig zu machen. Fräulein Anne, der er seine Liebe zur Sprache verdankte, half natürlich auch, diesen »Schritt mit staatlicher Genehmigung« (wie sie es nannte) mit behutsamer Würde anzugehen.

Fräulein Anne Jung war es, die mit subtilem Überreden jeden ihrer verletzten Patienten überredete, während der Krankentage Bücher zu lesen. Als Betriebsschwester in der Riesenfabrik waren ihre Sprache und ihr Einfluß wärmer und intensiver auf die täglich Verunglückten. Der Arzt, immer bedacht »seine Scheibe« während der notwendigen Behandlung nicht zu verlassen, wollte so sehr Respektsperson sein, daß kein einziger der beschmutzten Arbeiter es wagte, dem strengen Doktor auch nur eine simpelste Frage zu stellen. Die eigentliche Behandlung erzauberte das Fräulein Jung. Der gebildete Medizinmann (fachgebildet, betonte Anne immer) bemerkte knurrig den gelösten Kontakt seiner Krankenschwester zu den Arbeitern. Und wenn – was selten passierte – einmal ein hoher Herr aus der Verwaltung wegen irgendeinem kleinen Kratzer den

Arzt aufsuchte, war Anne wie verwandelt. Sie schlüpfte in die unnahbare Rolle des Arztes, und der Arzt versuchte, seine Strenge in gelöste Sanftheit zu verwandeln. »Wir zimmern an unseren Charakteren«, kommentierte Anne diese Verwandlungsversuche.

Der Arzt, in seiner Rolle als Respektsapostel völlig zufrieden, konnte seinen Standesdünkel ausleben und versuchte selbstverständlich, seinen gesellschaftlich hochstehenden Körper der Schwester Anne anzubieten. Diese gönnerhafte Geste dokumentierte zwar dreißigjährige Berufserfahrung, wirkte aber auf Anne wie seelenloser Quark. »Das war ein Angebot aus der Kälte einer überarbeiteten Kaste, es kam von keiner Einzelperson«, berichtete Anne einige Jahre später ihrem angetrauten Sachsenröder.

Tatsache ist, daß die Einzelperson Anne in den zwanziger Jahren viel mehr sogenannte einfache Arbeiter ans Buch fesselte als das gesamte Fernseh- und Zeitungsimperium heute im achten Jahrzehnt. Anne und die Faszination ihrer eindringlich-einfachen Sprache betörten jeden geschundenen Stahlkocher. Und wie in Trance griff dieser bei der nächsten Gelegenheit zum Buch. Anne vermochte individuell ihre Empfehlungen auszusprechen. Gerade ihre Unfähigkeit, Menschen einheitlich zu sehen und zu erfühlen, machte ihre Faszination aus.

Als Sachsenröder in ihr Verbandszimmer stürmte – es schmauchte ein Stückchen Flüssigstahl an seinem rechten Arm – übersah Anne früher als ihr neuer Patient die Situation.

»An Dir brannte nur ein Stückchen Stahl, bei mir aber das Herz, mein lieber Sachsenröder«, so Anne später.

Als die wohltuende Behandlungsstille das Unfallgeschehen in Sachsenröders Kopf abstreifte, so sanft wie eine Mutter ein paar Kindertränen, fühlte auch Sachsenröder aufkommende, kribbelnde Sprachlosigkeit.

»Und als Du mir Dein Lieblings-Heine-Gedicht etwas ermattet vortragen wolltest, mitten während des Verbindens, ist mir vor lauter glücklichem Staunen der Mull auf die Erde gerollt«, erinnerte sich Anne noch am zehnten Hochzeitstag 1939, während draußen vor dem Haus »Kristallnachts-Horden« vorbeigrölten.

Außerhalb ihrer Fabrik, ohne Schwesterntracht, lebte Anne und sammelte »Verstärkung für meine Arbeiter und ernährte mich unredlich.« Anne, einundsiebzigjährig, 1979: »Heute gibt's da so ein neumodisches Wort ›Literatengroupie‹. Ja, ja, ich war die Begehrteste und Inspirierendste; aus diesen Briefen berühmtester Zeitgenossen« – sie zeigt dabei immer auf sorgfältig verschnürte Paketchen – »könnte ich heute ein wenig Kapital machen, meine Rente aufbessern, was hier steht, hat noch nie jemand gelesen, es sind viele kleine Beweise unglaublicher Situationen.« Und weiter: »Meine Heirat 1929 mit Sachsenröder schockte mit Eiszeitwirkung die Privatsphären aller meiner Sinnesgefährten.«

Die Sprachgenies als Sinnesgefährten. Die ganz persönlichen Sätze wurden für sie aufgeschrieben. Immer setzte sich einer hin und schrieb der Anne Jung, noch aufrichtig benommen von deren Sprache, die verrücktesten Gedanken, handfest, greifbar, fühlbar.

Sie antwortete nie schriftlich. Sie ging hin zum Schreiber und küßte ihn für jeden Brief. Aber welche Diskrepanz! Sie durfte nur lesen, lesen, lesen. Nie versuchte einer ihrer Schreiber, eine längere, feinsinnig berauschende Unterhaltung mit ihr zu führen. Sie litt darunter. Und deshalb wirkte jeder Brief wie Rauschgift auf ihr Herz. Und die Briefschreiber fühlten das. Und benötigten dringend, neben ihren Verpflichtungen (Ehe z. B.) diese seltsame, eben nicht in Literatur zu übertragende Sprache der Anne Jung. »Ich wollte mich ja überhaupt nicht abwenden nach der Hochzeit von meinen Briefschreibern. Sachsenröder selbst bat mich, nie auf diese Freundschaften zu verzichten, obwohl mich gerade Sachsenröders Bitte anfangs sehr verwirrte«, erklärt noch heute die Witwe.

Sachsenröder dankte es seinem Vater ganz still und heimlich – unmittelbar nach seinem ersten Zusammentreffen mit Anne; Vater, sagte sich Sachsenröder, dich hat der letzte Krieg gefressen, aber du hast in mir die Neugierde auf Bücher geweckt, und nicht nur weil du ein braver Schulmeister warst...

Das kleine ererbte Schulmeistervermögen schluckte die Inflation, und Sachsenröder war froh, durch Hilfe eines ehemaligen Schülers seines Vaters die Arbeitsstelle in der Stahlkocherei zu finden. Die Mutter und sein Bruder versuchten ihr Glück in Amerika. Die Mutter als Musiklehrerin, der Bruder als Zimmermann. Und Sachsenröder, der Jüngste, hatte keine Möglichkeit, in den Fußstapfen seines Vaters – wie geplant – als Schulmeister seinen Lebensabend zu erwarten.

»Sachsenröder«, jubelte oft sein Weib, »wie bin ich froh, daß die Inflation es so gut mit mir meinte und dich in eine Stahlkocherei trieb.« Darauf Sachsenröder: »Es war immer mein Traum, eine Jung-Frau zu ehelichen.«

Die Hochzeit stellte viertausend Arbeiter vor größere Organisationsprobleme: Ein älterer Schlosser, der durch Anne ein Jack London-Verehrer geworden war, hatte die verrückte Idee – ein jeder solle ein Buch dem Paar schenken. Damit keins doppelt auf den Hochzeitstisch fiel, mußte eine genaue Liste erstellt werden. Ein Buchhändler mit Leib und Seele, der natürlich auch die Anne kannte, verknüpfte mit dem Hochzeitstag auch seinen schönsten Tag des Lebens: es galt, viertausendeinhundertundneun Bücher in einer Geheimaktion zu ordern und dann dem sprachlosen Paar zu präsentieren.

Anne:»Uns folgte nach Verlassen des Standesamtes ein großer LKW – ja und dann hatten wir vorerst keinen Platz für die vielen Bücher. Jedes Buch zierte der Name des jeweiligen Verehrers. 1945 ist die ganze Buchpracht zusammen mit unserem Häuschen von Brandbomben vernichtet worden.«

Und dann der lang erwartete Einschnitt ins Sachsenrödersche Eheleben: 1933 der erste Schrei eines neuen Sachsenröders, eines kräftigen Siebenpfundbengels. Ausgerechnet im »Machtergreifungsjanuar« 1933.

Saftvoll ernährten Annes Mutterbrüste Monat um Monat das Kind. Unbekümmert gedieh wie auf Neuland das neue Leben – und die alten Literaturfreunde mußten sich fast alle zur gleichen Zeit um ein anderes, neues Leben, außerhalb der Reichsgrenzen, kümmern.

Anne: »Der Kontakt riß wie ein überspanntes Seil.«

Sachsenröders Stahlkocherqualitäten steigerten sich, er durfte deshalb mehr Lohn einstreichen, und Anne wagte erst gar nicht den Versuch, ihre alte Tätigkeit wieder aufzunehmen.

»Der kleine Sachsenröder mußte mit Muttermilch und ausgesuchter Zärtlichkeit verwöhnt werden«, so die Einundsiebzigjährige heute, sehr leise dabei sprechend.

Das Werkshäuschen (welches '45 abbrannte) übte ungewollt eine Schutzfunktion aus: die berüchtigten Bücherverbrenner wurden in ihrer Maßlosigkeit eingeschränkt von werkseigenen Einrichtungen, das tote Inventar einer monopolen Sozialeinrichtung wurde verschont. Bücher, geistiges deutsches Monopol, brannten sonst überall unter deutschem Himmel. Beste deutsche Literatur merzte das Feuer aus, und doch blieben viertauseneinhundertundneun Exemplare in dem Werkshäuschen einer Stahlfabrik bis 1945 erhalten.

Diese Literatur rings um den Sachsenröderschen Haushalt – alle nur erdenklichen Wände waren mit Büchern ausgekleidet – garantierte die Flucht einer kleinen Familie in die Phantasie. Der neugeborene Sachsenröder saugte mit der Muttermilch gleich den Nutzen dieser Phantasieflucht ein.

Vor dem werkseigenen Grund und Boden und Häuschen einer Stahlfabrik walzte der beginnende Faschismus jeden Andersdenkenden platt, und innerhalb der vier Häuschenwände gedieh eine Familieninsel. Die komplette Freizeit der außerfaschistischen Kleinfamilie war ausgestaltet mit Ruhe, Wärme, Zärtlichkeit, Geduld, Verständnis und viel, viel Liebe. In dieser Atmosphäre wuchs der kleine Sachsenröder heran.

Die uniforme Einschulung des äußerst ausgeglichenen und ruhigen Kindes wurde mit einem Heine-Gedicht »entweiht« (so der Herr Schuldirektor, empört, zu den Sachsenrödereltern).

Alle Eltern waren angewiesen worden, ihren neueinzuschulenden Nachkömmlingen ein Gedicht – der neuen Zeit entsprechend und dem neuen, gerade begonnenen Krieg huldigend – beizubringen. Ein jeder sollte dann einzeln die frisch gelernten Verse vor versammelter Partei- und Elternmeute aufsagen.

Sachsenröders kannten kein Neuzeitgedicht. Und kamen absichtlich zu spät zu dieser beklemmenden Feierlichkeit. Dem kleinen Sachsenröder sollte ein Aufsagen erspart bleiben. Doch der Volksgenosse Direktor, flink mit den Augen und nichtsahnend, befahl mit freundlichem Tone dem Kleinsachsenröder, nach vorne zu kommen und sein Gedicht aufzusagen.

Freundlich und gelöst lächelnd trippelte das Literatenkind zum Podest, stellte sich direkt neben Herrn Direktor und sprach fröhlich in die einsetzende Totenhausstille sein: »Heinrich Heine, ›Über die Liebe‹. Sie saßen und tranken am Teetisch, und sprachen von Liebe viel…«

Die Menge, ihre schon längst vergessene Rührung wieder heftig ausgrabend und in Taschentücher schnäuzend, lauschte gebannt, und der Herr Parteigenosse Direktor kippte fast von der Bühne. Er fürchtete (verständlicherweise) um seine Karriere, denn dank seiner Parteiarbeit war er erst ein ganz frisch gekürter Direktor und mit achtundzwanzig noch sehr jung. Er hatte aber Glück…

Wohlweislich hatte der Stahlkocher Sachsenröder, unabkömmlich für den Krieg, die Freizeit auch dazu genutzt, seinem Erbsohn (was gab's schon groß zu erben außer den viertausendeinhundertundneun und ein paar Büchern?) eine stählerne Kondition anzutrainieren. »Mein Lieber, das Klavier und unsere Bücher nützen Dir nichts in einer nationalsozialistischen Klassengemeinschaft.«

Mit jedem neuen Schul-Kriegs-Jahr wurde Sachsenröder jun. selbstbewußter. Er behauptete sich gerade durch seine entwaffnend sanfte Art. Seine Zeugnisse konnten gar nicht besser werden, daheim genoß er die liebevolle Fürsorge der Eltern.

1941 sicherte er sich eine feste »Landtour« – mit dem Fahrrad zu den Bauern der weiteren Umgebung, um bei der Ernte zu helfen, wegen besserer Versorgung der drei Sachsenrödermägen. Der Knabe schleppte größere Freßrucksäcke an als die vielen anderen »Landfahrer«. Sachsenröders unterstützten gar Herrn Direktor und dessen Frau, und ein paar Nachbarn bekamen immer wieder einen Wursttopf ab.

Vater Sachsenröder: »Der Herr Direktor verkauft sogar seine Katzen für den Endsieg, deshalb sollten wir ihn nicht hungern lassen. Und außerdem paukt der Herr mit unserem Bengel recht erfolgreich für die Zeit nach der Besetzung Amerikas.«

Ähnliches sprach Vater Sachsenröder auch direkt in die Direktorenohren. Diese strafften sich ganz ernsthaft vor Stolz und Freude über den doch so patriotischen Vater des kleinen Sachsenröder. Denn der Verdacht, daß einige Volksgenossen doch zweifelten an den Worten des großen Führers, schlich sich immer wieder in den Direktorenkopf. Und wenn dann endlich Vater Sachsenröder vom Einmarsch in Chicago sprach, leuchteten zwar die klaren Augen des Direktors vor Rührung auf, doch besänftigte das gebildete Intelligenzbündel in der Direktorenbrust den doch so noch hoffnungsvollen Vater Sachsenröder: »Mein lieber Sachsenröder, wir müssen erst Paris zurückerobern, dann sehen wir weiter.«

Diese Antwort trieb die berühmte Gänsehaut auf den Stahlkocherrücken von Vater Sachsenröder. Dieser zu Anne: »Hergott, wieso merkt der Schulbonze nicht meinen Spott?«

»Er ist ein Deutschlehrer mit verbrannten Büchern im Hirn, und er machte sich seine weiße Weste nicht rußig am Scheiterhaufen der Gedankenverbrennung«, erklärte Anne ganz überflüssigerweise.

Im März behandelten die Amerikaner die Sachsenrödersche Stahlkocherei mit ein paar Brandbomben, Gott sei Dank nach Mitternacht. Die Familie genoß den Vater nur zwei Tage daheim. Am dritten Tag bewaffnete Herr Direktor unseren Sachsenröder auf dem Schulhof persönlich mit ein paar tödlichen Restwaffen – Handgranaten und einem Karabiner ohne Patronen.

Im gleichen Augenblick radelte Kleinsachsenröder mit einem Freßrucksack auf den Schulhof. Und verteilte stolz amerikanische Leckereien.

Fassungslos der Herr Schulvorsteher: »Woher schleppst du das an!?« »Herr Direktor, vor etwa zwanzig Minuten begegnete ich sehr vielen anrückenden Amerikanern.« Sofort donnerte der Schulmann: »An die Waffen.«

Außer Vater Sachsenröder und dem einbeinigen Hausmeister war aber niemand anwesend. Am verständnisvoll humpelnden Hausmeister sauste Vater Sachsenröder vorbei in die Hausmeisterwohnung und von da aus mit einem weißen Bettuch hinauf aufs weit sichtbare Schuldach, und fröhlich wirbelte die weiße Fahne auf einer deutschen Institution.

Die Führerwelt des Herrn Direktor, von dem weißen Kapitulationszeichen bedroht, bäumte sich auf gegen die weit sichtbare Schmach, und der Staatsdiener schoß unseren Stahlkocher vom Dach wie eine alles verkleckernde Taube. Der Stahlkocherkörper stürzte zeitlupenhaft hinab auf das Schulhofpflaster und spürte nicht mehr den heftigen Aufschlag.

Sohn Sachsenröders Blick, über den abgemurksten Vater hinweg auf den Direktorenschießkünstler gerichtet, blieb an vier Feldgendarmen hängen. Diese tapfersten aller Führeruntertanen bewegten sich hurtigböse auf den Direktorenhelden zu. Dieser erstattete stolz und selbstbewußt und stramm Meldung und präsentierte den abgeschossenen »Verräter« Sachsenröder. Der Oberkettenhund gratulierte knappmilitärisch dem Lehrerstaatsdiener und befahl ihm, gleich zur nächsten Standrechtsaktion mitzukommen. Dann sah der zwölfjährige Sachsenröder nur noch den humpelnden Hausmeister.

Und Herrn Direktor sah er erst einunddreißig Jahre später wieder. Während der staatlich unterstützten Verabschiedung in den Ruhestand, feierlich gekleidet, war Herr Direktor kaum wiederzuerkennen.

Ein Herr Kultusminister redete eine Dankesrede für Herrn Direktor, und gleich anschließend meldete sich Herr Sachsenröder, dreiundvierzigjährig.

Freundlich ermunterte der brave Pensionär in spe, ahnungslos, Herrn Sachsenröder, seinen Wunsch laut auszusprechen. Sachsenröder dankte ergriffen, marschierte auf den soeben verlassenen Rednerplatz des Herrn Kultusminister und begann: »Sehr verehrter Herr Minister, sehr verehrter Herr Direktor« (alle anderen wichtigen Anwesenden ließ er aus, um die Sache abzukürzen), »1939 durfte ich, als neu eingeschultes Kind, schon einmal dem Herrn Direktor ein Gedicht vortragen. Dieses möchte ich heute erneut rezitieren. Darf ich?« Beifälliges, gerührtes Murmeln der geladenen Gäste.

Kommentarlos hob Sachsenröder an: »Heinrich Heine« (hier

machte er eine längere Pause), »›Über die Liebe‹, Sie saßen und tranken am Teetisch, und sprachen von Liebe viel...«

Dem Herrn Minister blieb das Herz stehen. Ahnungen perlten ins Ministergesicht, Tatsachen grauten im Pensionsgehirn des Herrn Direktor... Das äußerst sanft vorgetragene Gedicht wurde von der ahnungslosen Menge (wer weiß denn heute noch, daß 1939 Heinrich Heine tödlich war?) mit Orkanbeifall honoriert.

Rührende Dankesgesten Sachsenröders. Und er mußte dann doch einige Sekunden um Ruhe bitten. »Sie werden jetzt noch eine besondere Szene beobachten müssen, verehrte Anwesende«, plauderte sehr heiter Sachsenröder weiter. Dann, leicht taumelnd vor Wut, ging er mit doch verhaltenen Schritten, überhaupt nicht furchteinflößend, auf den Geehrten zu und donnerte die furchtbarste Maulschelle seit Bestehen der Prügelstrafe an den Direktorenkopf. Ob dieser nun wegen der Erinnerung ins Bewußtlose abkippte oder dank der Wucht des Sachsenröderschlages – wer weiß.

Jedenfalls trabte Sachsenröder freundlich lächelnd zurück zu seinem Platze, nach allen Seiten fröhlich nickend, und wurde von einer erstaunten, vielleicht gar entsetzten Menge als echter Terrorist begafft. Die ordentlichen Sicherheitsbeamten des Herrn Kultusministers verhafteten selbstverständlich Herrn Sachsenröder vom Fleck weg.

Niemand erfuhr den Grund für diese Riesenschelle. Der Herr Direktor hatte auf Strafantrag verzichtet.

Der Offizier

Im Januar 1947 froren die Oder und die dazugehörige Stadt Frankfurt ein. Außer russischen Militärfahrzeugen bewegte sich nichts in der Odermetropole.

Meine Frau Mama mutete mir mit meinen fünf Jährchen allerhand zu. Die Fluchtstrecke von Lodz bis an die Oder sorgte leicht für die selbstverständliche Unterernährung. Die Viehwaggons wurden zwar vom Roten Kreuz mit Stroh für die Menschentransporte versorgt, doch bis an die Oder war alles Stroh aufgefressen.

Deutsch durfte ich nicht sprechen, und mein einwandfreies Polnisch befreite Mutter und mich von allen Kontrollen. Außerdem – in meinem Mäntelchen (in den Schultern) war Geld eingenäht. Das war ein Geschenk ehemaliger polnischer Partisanen, auch die Idee, es in die Schultern eines Kindermäntelchens einzunähen, sprudelte beim Abschied – im letzten Augenblick – aus dem Kopfe einer hochgeehrten Widerstandskämpferin.

Immerhin durften Mutter und ich vom Januar '45 bis Januar '47 überleben.

Am 19. Januar '45 rollten Stalins Truppen in Lodz ein. Drei Tage – so sprach es von vielen Plakaten – war jeder Deutscher ein »Vogelfreier«. Zweiundsiebzig Stunden sollte man jeden Deutschen straffrei erschlagen, verbrennen, erstechen, ersäufen, steinigen (unser Bäcker mit seiner Familie hatte die Ehre, vor seiner Bäckerei mit Pflastersteinen ins Jenseits geschickt zu werden) und einfach aufhängen.

Die fröhlichen Totmacher – die waren wirklich singend bei der Sache – durften nicht in ihren eigenen Stadtbezirken die »Njemzkis« (die Deutschen) auslöschen, sondern mußten sich in fremden Bezirken wahllos Njemzkis suchen. Das war klug ausgedacht – schließlich kennt man im eigenen Revier die Deutschen, und Mitleid war verpönt. Unser Brotlieferant wurde natürlich von fremden Suchtrupps gemeuchelt.

Mutter und ich waren im ganzen Bezirk die einzig Überlebenden »deutscher Rasse«. Während der drei »Vogelfreien-Tage« und noch zwanzig Tage länger wurden wir dauernd von polnischen Partisanen bewacht. Diese vorzügliche Lebensrettung konnte eine kräftige Ursache vertragen …

Frau Mama war eine sehr vielseitige Frau. Reiches und bigott-evangelisches (nicht katholisches!) Elternhaus. Aus Vermögensgründen zur Ehe gezwungen. »Diesen Zwangsehemann hab' ich aber nur ein einziges Mal ›rangelassen‹ nach Gewaltanwendung, dann nie wieder«, so der mir schon lange vertraute Lapidarkommentar. Der Zweck der Eheschließung war erfüllt – Vermögensverriesung, von Vergrößerung konnte man da nicht mehr sprechen – und Mutterns Eltern waren zufrieden.

»Und einen Tag nach der Eheamtshandlung machte ich mich sofort selbständig und hab' auch nie wieder eine Kirche betreten«, so hatte sie sich gerade neulich – zum tausendsten Male – wiederholt. Immerhin, diese totale Privatfreiheit einer Ehefrau war Ursache, daß zwei simple Deutsche (nämlich sie und ich) nach dem 19. Januar 1945 *nicht* »ins Land, aus dem kein Wandrer wiederkehrt« (›Hamlet‹) spazieren mußten. Und welche Frau kann heute – neunzehnjährig und schon verheiratet – begreifen, was 1931 eine neunzehnjährige Ehefrau mit ihrer Freiheit, gerade eben durch eine Eheschließung erlangt, alles beginnen konnte?

Als erstes durfte sie ihre Verbindung zu ihrem Liebhaber – meinem Erzeuger – in der Gesellschaft offiziell bekanntgeben. Diese liebenswürdige Erklärung beunruhigte vorerst die vornehme Lodzer Gesellschaft. 1931.

Besagter Liebhaber wurde während der »Drei-Erschlagungs-Tage« im Januar '45 in eine Jauchetonne gestopft, mit dem Gesicht nach unten, und dann ins Massengrab gekippt (runter vom LKW) und das nur, weil er unbedingt auf unsere Partisanenschutztruppe verzichten wollte, um den lieben Gatten meiner Frau Mama in Sicherheit zu bringen. Und als er zurückkehren wollte zu uns, stand die Jauchetonne im Wege...

Der Gatte aber lebt heute in deutschen Landen. Und der Liebhaber hatte zwar das Nachsehen, das ist eine bekannte Liebhaberturbulenz, aber er sorgte vorher vierzehn Jahre für Unterhaltung und Gesprächsstoff in Lodz.

Mutterns Favorit war es, der nach dem Einmarsch der Hitlertruppen im September 1939 sich sofort – als Deutscher – (heute hört man das schon wieder sehr ungern) mit der nachrückenden Gestapo anlegte. Die Herren Geheimen aus der deutschen Gründlichkeitsküche witterten nämlich einen fetten und sicheren Unterschlupf: das vornehm-herrschaftliche Haus meiner alten Dame (damals natürlich eine junge Dame).

Diese »Haus-Mitgift« hatte eigentlich eine Liebesnestfunktion. Aber Gestapochef Filhubers Liebe galt nunmal seinem Amte. Und ein deutscher Beamter möchte seinen Bürokram in gepflegter Umgebung gründlich durchackern. Todesakten, in kultivierter Atmosphäre liebevoll durchgearbeitet, garantieren später dem freundlichen Bearbeiter solcher Dokumente seine vornehme Zurückhaltung bei eventueller Erinnerungsanstrengung.

Und während der »Drei-Schlacht-Tage« im Januar 1945 wurde kein einziger Beamter der Lodzer Gestapozentrale in eine Jauchetonne gestülpt. Diese Herren kochten weiter westlich ihre sauberen Westen weiß. Und Herr Filhuber, geschmückt mit einem weißen Smoking, lächelte neulich einem berühmten Dirigenten zu – während der Salzburger Festspiele. Der Dirigent hielt trotzdem den Takt.

Wie berichtet, Filhubers Kultiviertheit setzte schon 1939 Maßstäbe. Und ausgerechnet Mutterns Liebesnest sollte ein Hort deutscher Vernichtungsbüros werden? Nein.

Und mein Herr Erzeuger durchwalkte da eine Idee, »die sich aus der Friedenszeit heraus aufbaute«, so seine rührige Geliebte zu mir.

Das unabhängige Paar reiste vor '39 viel und oft um den Globus. Und natürlich beehrten die beiden auch das »Reich« mit ihrer Anwesenheit. Die Bewegungshauptstadt katapultierte das Pärchen – anläßlich eines Balles – in erlauchte Faschistenkreise. Mutterns Ausstrahlung (Donnerwetter, wenn ich heute ihre Strandfotos so beäuge und davon Abstand nehme, daß ich die eigene Mutter auf den deutlichen Dokumenten bestaune...) hatte einem sehr bekannten Führungshäuptling ganz schön die Sporen gegeben. Ob's allerdings auch zum Ritt kam, darüber schweigt sich die jetzige Oma beharrlich aus.

Es ist nur – kaum waren meine beiden in Lodz zurück, reiste der Oberfaschistenboß – in Zivil und mit Gattin, versteht sich – nach, und der Herr Nazi mit Ehefrau wurden selbstverständlich im gästefreundlichen Haus herzlich aufgenommen.

»Haben die vielleicht gestaunt, als ich denen noch meinen richtigen Mann vorstellte, und der Liebhaber lächelte dabei«, so Mutter heute. »Die erste Nacht bei uns verwirrte die beiden ganz offensichtlich mehr als die ›Kristallnacht‹ in Deutschland, die der hohe Herr maßgeblich mitinszeniert hatte«, lautet immer Mutters Krönungsabschlußsatz zu dieser Szenenbeschreibung.

»Und die Augen hättest Du sehen sollen, als ich denen die Zimmer erklärte – hier das Arbeitszimmer meines Mannes, da das des Liebhabers, da das Schlafzimmer des Angetrauten, hier *unser* Schlafzimmer«, diese Erklärung geht und ging immer noch weiter. Später, in vorgerückter Stunde, nach den besten Getränken, stotterte der

Oberbonze immer wieder zu seiner angesäuselten Frau: »Anna, oh Anna, wenn das der Führer wüßte, wohin wir hier geraten sind.« Aber wie heute ein jeder weiß – der Führer wußte ja nie von etwas...

Jedenfalls müssen sich die unmoralischen »Vorkriegs-Polen-Ausrutscher« des tollen Kristallnachtschergen für die weitere Faschistenqualifikation inspirierend ausgewirkt haben. Denn – Adolf erfuhr Gott sei Dank ja nichts vom Doppelleben seines tüchtigen Vasallen – der hohe Parteigenosse klimmte sich bis zum Kriegsausbruch in der Todeskommandohierarchie in die höchsten Stellen. Ohne aber seine Lodzer Beziehungen abzubrechen. Seltsamerweise wußte meine Mutter den genauen Tag des Kriegsausbruchs schon vorher... Das hat mir ihr Traupfarrer erzählt. Sie nicht. Ich sprach sie daraufhin an. Ihre Antwort: »Ich wußte es eben, und damit Schluß.«

»Und warum hat da der Herr Höchstnazi nachgeholfen?« war meine schlaue Fangfrage.

»Weil er so verrückt nach mir war«, fiel sie drauf rein – und bemerkte es zu spät und war so recht sehr wütend (»so recht sehr« – ist eine typisch deutsche Redewendung der Deutschen in Polen).

Es gelang der Mutter, ihren hohen Verehrer anzurufen – der soll bei dem Telefonat vor Freude getanzt haben –, um ihm klarzumachen, daß das »schöne Lodzer Haus« für ihn bereitstünde für Besuche in den Tagen des Kampfes für Volk und Vaterland. Und der Herr Filhuber sollte sich doch wenigstens *nur* ganz privat einmieten, schließlich benötige ein Gestapochef ein trautes Heim nach Büroschluß. Und für ein ganzes Hauptquartier wäre ja das Haus doch zu unwürdig klein.

Selbstverständlich stimmte die hohe Persönlichkeit sofort zu. Gestapo-Filhuber unterlag ganz klar nach Punkten den Wünschen einer deutschen Frau.

Hinzu kommt, daß der Herr Filhuber über Mutters »Heldentat« in den ersten Septembertagen genau informiert war: Am 1. September sollte das deutsche Riesengut der Großeltern von aufgebrachten Polen gestürmt werden – die Front war ja noch weit im Westen. Die komplette Familie mit dem gesamten deutschen Personal, einschließlich dem Ehemann der Frau Mama, verließ den gefährlichen Gutshof und alle versteckten sich – riesige Felder mit hohem Mais vesprachen mehr Schutz. Mutter aber, in lebensgefährlichen Situationen besonders ruhig und kühl und alles zeitlupenhaft definierend (ich muß davon etwas geerbt haben), schloß alle gewaltigen Tore, nahm sich Opas Karabiner, stieg auf die höchste Dacherhebung und meinte: »Ich bin hier geboren auf dem Hof, unter dem Dach – nun kann ich wenigstens an gleicher Stelle auch sterben.«

Die unkontrollierte Meute rückte auch tatsächlich an und bestaunte die Dame auf dem Dach. Und diese schoß natürlich. Von einer einzelnen Frau beschossen zu werden, ist gerade den tapferen Polen sehr peinlich. Deutsche hätten eine Frau vielleicht vom Dach geschossen – Polen bringen das nicht fertig. Sie bewundern Frauen viel intensiver. Meine Mutter kannte halt ihre Polen. Aber ein Risiko war es trotzdem.

Die Patrioten trollten sich, die Familie durfte die Maisfelder wieder verlassen und anschließend den Weinkeller ausprobieren.

Mutter probierte nicht »mit dieser feigen Sippe« und fuhr in ihr Stadthaus. Dort befürchtete sie sowieso nichts. Sie genoß schon seit '31 die Freundschaft aller Polen in der Umgebung ihres Hauses und ihres Mietshauses.

Erst daheim »mußten wir den Kummer über den Wahnsinnsbeginn begießen«. Mit Polen natürlich. Und der Liebhaber wurde erwartet, er hatte in Warschau am Tage des Kriegsausbruchs deutsche Weinhändler besucht. Moselwein. Die Weinverstärkung gelangte unversehrt in die Lodzer Keller.

Nach dem hurtigen Einmarsch der deutschen Blitzkrieger beendeten die Oberblitzer jeden öffentlichen Alkoholhandel.

Doch die pfiffige »Gutshofverteidigerin«, ihre vielen polnischen Freunde und ihr dauerhafter Liebhaber (mein späterer Vater, ich muß es wiederholen, der Leser ist leicht vergeßlich) konnten dem Alkoholverbot »geistig nicht folgen«.

Und – Gott sei Dank – Filhuber bezog sein Privatquartier im »Mutterhaus«, sein Hauptquartier verlegte er in die Innenstadt. Der Ehrengast garantierte sicheren Schutz für vorzügliche, polnische Schwarzbrennerei. Ganz Lodz partizipierte an Mutters Brennkeller – obwohl auf Alkoholschmuggel und Schwarzbrennerei die Todesstrafe stand. Die Gestapo, bereichert mit hochqualifizierten Todesingenieuren, war »dieser Schweinerei« (so der Führer persönlich) von '39 bis zum Zeltabbruch Ende '44 auf der Spur. Der Drahtzieher, mein Erzeuger, war ein Freund – inzwischen geworden – vom Filhuber; dieser Drahtzieher war nicht zu fassen. Trotz einhunderttausend Reichsmark Belohnung. Ein deutsches Todesurteil blieb aus. Aber ein polnisches Jauchefaß ist auch nicht ohne…

»Wer für den Galgen bestimmt ist, ersäuft nicht«, heißt es sinnigerweise in Polen.

Ein heutiger Polenreisender wird bemerken, daß in jeder polnischen Familie, sei sie noch so arm, *immer* vor und während *jeder* Mahlzeit irgendein Schnäpschen auf dem Tische steht. Das war natürlich früher auch so. Und somit versteht man leicht, was ein Tröpfchen dem Polen bedeutet...

Ab 1941/42 schlug der polnische Widerstand immer drastischer zurück. Tiefschläge prasselten in die satten Faschistenbäuche.

Das Liebespärchen lebte völlig einseitig auf der Seite der überfallenen Polen. Und das als Deutsche. Der geräumige Keller beherbergte plötzlich nicht nur Alkoholunmengen, sondern auch immer öfter polnische Partisanen, oft schwer verletzt. Ein polnischer Arzt, Jude, fühlte sich im Kellerdauerquartier sehr wohl. Immerhin darf ich behaupten, daß ein jüdischer Arzt mich auf die Welt zerrte. Und daß der brave Mann mit allen möglichen Arzneien, Verbandsstoffen usw. versorgt wurde, verdankten alle dem florierenden Schnapsgeschäft. Schützend über allem – Filhuber und seine drahtigen Bewacher.

Filhuber sollte abgelöst werden. So eine »Ablösungsbombe auf die Kellerdecken« wollte niemand. Mutters »Berlinbeziehung« mit einem innigen Brief eingeladen, inspizierte, immer unter Schwarzbrandeinwirkung, Filhubers Arbeitsfeld. Die alles befreiende Ansprache, im großen Musikzimmer, direkt über dem kleinen Partisanenlazarett, des großen Häuptlings wurde mit heftigem Beifall, die gesamte Gestapoprominenz war anwesend, und tiefem Durchatmen belohnt. Die Spannung zischte wie Druckluft aus den Heldenbrüsten und zauberte befreiende Durstgefühle in die gesangesfreudigen Männerkehlen. Alle Lodzer Gestapokommandostellen waren für zwei Tage mit einer Schwarzbrennmarke lahmgelegt. Mutter und ihr hunderttausend Mark wertvoller Liebhaber konnten das gesamte Schlüsselmaterial für Panzer- und Aktenschränke, Gefängnis- und Vorratskeller – entwenden und nachmachen lassen und dann wieder zurückstecken in die Klamotten der Schnapshelden. Drei Todeskandidaten leben noch heute wegen dieses simplen Einladungsbriefes...

1944 war eines Tages das kleine Kelleroperationskämmerchen zu klein fürs Notoperieren und fürs Pflegen. Das dreifachgrößere Schlafzimmer bot sich als Ersatz an. Und direkt nebenan (ohne Verbindungstür) machte sich Filhuber täglich fit für seinen verantwortungsvollen Dienst fürs Vaterland – »was damals rechtens war, kann heut' nicht unrecht sein.« Oft unterschrieb er nebenan die Todesurteile der gesuchten Partisanen. Diese aber lächelten, durch eine Wand getrennt, nur zwei Meter neben Filhubers Heldenherz, ihrer Genesung entgegen.

Neulich, in Salzburg, als Mutter ihn erkannte, hätte ich Herrn Filhuber gerne davon erzählt. »Laß ihn, er hat viel Gutes getan, zwar völlig unbewußt, aber er hat trotzdem viele Menschenleben gerettet. Viele brachten ebenfalls ›unbewußt‹ – wie's sich später rausstellte – ein paar um und beziehen hohe Pensionen, also warum soll man einem, der ›unbewußt‹ ein paar rettete, seine Pension streichen?« Das sah ich dann ein. »Filhuber, vielleicht war er nach dem kleinen Krieg bei einer Sparkasse, ein kleiner Beamter, man hat nie von ihm gehört. Er wird seine Todesurteile auch vergessen haben, als kleiner Unbekannter. Eine bekannte Größe vergißt so 'ne läppische Erschießung, also laß doch, in Gottes Namen, dem kleinen Filhuber seine Ruhe. Er hat sie verdient, schon weil er unauffällig werkelte.« Ich wurde immer einsichtiger, vielleicht hatte die Mozartmusik mich so gestimmt, Mozart kommt ja noch vor dem lieben Gott.

Außerdem, das wußte ich, war Filhubers eiliger Abschied 1944, die Russen hatten schon die Lodzer Vororte erreicht, recht herzlich. Mutter gab dem Filhuber ein versiegeltes Schriftstück mit, darin bestätigte das Pärchen, daß Filhuber indirekt sehr viel getan habe für den polnischen Widerstand. Mutter bat, das Briefchen erst in völliger Sicherheit zu öffnen – es waren Beweise beigelegt, aus denen eindeutig hervorging – Filhubers Privatquartier war die Höhle des Widerstandes gewesen. Na und – vielleicht hat Filhuber bei der obligatorischen Entnazifizierung davon Gebrauch gemacht? Und ist als »Mitläufer« eingestuft worden.

Die einmarschierenden Russen waren jedenfalls so sprachlos, im schon längst bekannten Privatquartier eines Gestapochefs das Zentrum eines organisierten Widerstandes zu finden, daß sie selbstverständlich zustimmten, für eine vorübergehende Bewachung meiner echten Eltern und mir zu sorgen. Aber der Herr Erzeuger mußte ja unbedingt...

Nach dreiundzwanzig Tagen verkrümelten sich unsere Bewacher. Nach einem herrlichen Abschiedsgelage. Dieser Verlust war für uns wie ins Meer geschmissen. Der Vermögensverlust berührte überhaupt nicht. Und daß Mutter in eine Stahlfederfabrik lackieren gehen mußte, störte auch nicht. Das war nun mal die erste Arbeit ihres

Lebens. Auch gut. Der Erzeuger in der Jauchentonne – nicht zu ändern.

Aber Chunatzky. Der Hausmeister des modernsten Lodzer Wohnhauses, seit der Erbauung 1930 von den Großeltern angestellt (das Haus war, ich sagte es schon, Mutters Teilmitgift).

Dieser Chunatzky scharf (wie Westsenf) seit 1930 auf meine Mutter. Er roch seine große Zeit. Aber die Dame biß nicht an. Er hetzte seine drei Kinder auf mich, ich sollte als »Njemzki« mal ein wenig gequält werden. Die älteren, brutalen Bälger nagelten meine Hände an die Kellertür. Und was wirklich unheimlich war – ich habe *nicht* geplärrt, dieser Schreck war zuviel, und die drei Kinderhelden liefen schreiend davon. Dadurch hat der Fabrikdirektor, der zufällig des Weges kam, mich, leicht schwitzend, mit einer Zange von der Kellertür abgemacht. Mutter besorgte mir daraufhin eine hübsche, handliche Stahlrute aus ihrer Fabrik. Und als meine Hände wieder heil waren, bewarfen mich die originellen Polenkinder mit Klamotten. Da zauberte ich mein Rütchen aus dem Hosenbein und hieb dem Ältesten das rechte Ohr ab. Für alle Zeiten. Der Chunatzky lief zum GPU. Die GPU-Herren wußten natürlich nichts von Mutters Widerstandsnest, für sie war dieses Weib nur eine gottverdammte Deutsche, die übriggeblieben war. Sie sollte ihren Schmuck rausrükken. Chunatzky hatte behauptet, daß ein ganzer Keller voll davon sei. Gerne hätte Mutter den Keller geleert, denn es ging um mein Kinderleben – »WennDu das Gold nicht rausrückst, wird der Bankert« – die meinten mich – »erschossen.«

Der Keller war nicht gefüllt, ein Russe drückte ab, die Kugel streifte meinen Hals. Das muß sehr geblutet haben, die Herren bekamen nun doch Angst, zumal ich auch noch hinfiel. Aber der brave Direktor, ein früherer Zechgenosse meiner echten Eltern, hatte schon die Militärstreife geholt.

Und, nachdem der erste Rache-Siegesrausch abgeklungen war, herrschten beim russischen Militär sehr strenge Gesetze. Angriffe auf Frauen und Kinder wurden hart bestraft. Die Goldgierigen wurden direkt im Musikzimmer erschossen, vorm Flügel. Chunatzky, der erschrocken weglief, rannte in eine Garbe des Postens vor der Tür.

Meine Mutter mußte sich dann sofort wieder in die Lackiererei begeben. Aber der Lack war alle. Also mußte sie Treppen scheuern. Das ging dem Aufpasser nicht schnell genug, und er knallte ihr dauernd die Stiefel vors Schienbein. Heute noch sieht man deutlich dunklere Stellen, da, wo damals die Knochen von den Tritten freigelegt wurden. Selbstverständlich wischte das Mütterchen noch langsamer. »Lieber hätt' ich mich totschlagen lassen, als schneller scheuern.«

So trollte sich die Zeit, laufend mit Tritten und Hunger um sich werfend, hin bis Weihnachten 1946.

Am Heiligabend dann der alles entscheidende Dankbarkeitsbesuch des jüdischen Arztes, der, der mir ans Licht der Welt geholfen hatte. Bestürzt über unsere heitere Gemütsverfassung in solch merkwürdiger Lage, zweifelte er ein wenig an unserem Verstand, bis er bemerkte – freundlicher Galgenhumor.

Dann seine Organisationswelle für angemessene Hilfe. »Ihr müßt nach Deutschland, der Haß der Polen wird noch lange anhalten, ihr kommt hier um«, so sein einleuchtender Kommentar.

Dann zehn Tage später der Fluchtbeginn und weitere zehn Tage später der erschöpfte Hungerzusammenbruch in Frankfurt an der Oder. Wir hatten die heitere Verhungerungsphase (es soll auch andere Phasen geben) noch in geistiger Frische erwischt und verkrochen uns unter das Dach des Hauptbahnhofes. Es war nach Mitternacht, und Mutter dachte ganz richtig: Nicht draußen erfrieren *und* verhungern, dann schon drinnen nur verhungern.

Eine stille Mitternachtsverhungerungsecke war leicht gefunden. Hunger macht doch am zehnten Tag schläfrig.

Zur gleichen Zeit suchte sich ein russischer Offizier ebenfalls ein ruhiges Mitternachtsmahleckchen. Er muß uns nicht bemerkt haben oder dachte – Schlafende stören nicht beim Festmahl.

Natürlich weckte uns der Kaffee-Schinken-Wurst-und-Brot-Geruch auf. Vielleicht waren meine Lebensgeister stärker als Mutterns, ich bestaunte sprachlos die Freßorgie des Offiziers. Der ahnte freilich nichts von unserem pikanten Vorhaben...

Für ihn waren wir Deutsche und ich ein deutsches Kind, das kein Wort Russisch versteht.

Deshalb erstaunte er über mein Wachsein und brabbelte in seinen lustigen Budjonny-Schnauzer, daß ich wohl schon längst im Bette liegen sollte und nicht hier auf der Erde aufm Bahnhof.

»Na pluwatch, na krawatch, na pou budjem spatch« muß ich, sehr betont, auf russisch geantwortet haben – »Auf's Bett spucken wir, wir schlafen auf der Erde.«

Der Budjonny-Schnauzer zitterte vor Sprachlosigkeit, die echten Steppenaugen kullerten sich mit Tränen voll, ein Stück köstlicher Wurst fiel ihm von der Zunge auf meine Hände, ich hatte sofort einen Liter Appetitswasser schnell runterzuschlucken, und in meine

Schluckmühe hinein polterte er: »Wie mein Söhnchen, wie mein Söhnchen, wie mein Söhnchen.« Da fiel noch der Rest der leckeren Speise aus seinem Mund.

»Ist dein Söhnchen auch verhungert?« Meine Frage rief eine entsetzliche Fassungslosigkeit in seinem Gesicht hervor. So wenigstens versucht es Mutter zu beschreiben.

»In Leningrad mit seiner Mutter«, brach es aus ihm hervor. Er gab uns seinen riesigen Freßsack, schlurfte wie ein alter Mann weg und hat sicher irgendwo draußen den Druck hinter seinen hellen Augen ausgeschüttet.

Wir haben – schon längst in Sicherheit – noch wochenlang aus dieser Fundgrube des Fressens unser Herz mit Dankbarkeit gefüttert.

Eigentlich hätte ich auch gerne einen Budjonny-Schnauzer...

Dochenischt

Hochdeutsch hieß er Tauchnitz – in L. gibt's sogar eine Tauchnitzstraße. Hat nichts mit ihm gemein. Die Einheimischen aber mußten seinen Namen »der Gegend anpassen«. Tauchnitz = Taugt-nichts. Taugt-nichts heißt aber dort »docht-nischt«. Ergibt also »Dochenischt«.

Ein Miststück war er schon, der Dochenischt.

Freunde nannten ihn respektvoll Walter. Bleiben wir auch dabei? Vielleicht reicht »W« aus?

Ausgerechnet im August '14 – sein Kindesalter von sieben Jahren machte ihn reif für ein Paderborner Heim (katholische Führungsmannschaft, ob man da noch Akten findet...?) – biß auch er um sich. Ein »Gestrenger Heimherr« legte sich W. über's Knie, und W. rammte seine scharfen Kinderzähne in die Herrenschenkel »bis ich wieder die Vorderzähne zusammenfühlte«.

Andere Herren mußten W.s Kindermäulchen mit der üblichen Gewalt aufreißen.

W. brutalisierte sich durch die Nr. 1 der Kriege nicht. Nein. Seine Gefährlichkeit stempelte ihm das »fröhliche Heim« auf.

Der folgende Zeitsprung – 1956 – soll zeigen, daß die »Volksmassen seiner Gegend« W. zwanzig Jahre lang nicht vergessen hatten. Natürlich – W. trabte auch noch nach '36 durch die Straßen »seiner« 25 000-Menschen-Kleinstadt, halbblind zwar, doch von allen Kennern mit Heidenrespekt behandelt: »Dochenischt gommd«. Seit '36 steckte W. schon eine Rente ein (Kalkunfall auf'm Bau) – und trotzdem werkelte er gegen gute Bezahlung, und kein Rentenverweigerungsbeamter traute sich, gegen W. »Schritte einzuleiten« – in der Gegend.

'56 also – Rummelplatz der Stadt. Menschenknäuel. Täglich. Boxerzelt. Täglich drei Kämpfe. Ein wahrhaft echter Muskelberg – Boxerzeltangehöriger – »jung, dynamisch« (furchterregend) suchte sich »einen Mutigen aus dem verehrten Publikum«. Uns Kindern fiel es auf – der »Mutige« war immer derselbe, das Interesse des hochverehrten Publikums ließ schnell nach. Und plötzlich – eine Sekunde schneller – meldete sich – Dochenischt.

W.s Papiere wurden genau untersucht – neunundvierzigjährig und sich melden? Der Boxveranstalter registrierte erschrocken die kochende Volksseele. Heiß brodelte die Menge – wegen eines 49jährigen? Der dynamische Muskelmensch und sein Boß waren durcheinander. Eine Stunde vor Beginn wabbelte die Kleinstadt vor Aufregung – »Dochenischt boxt uffm Rummelbladz.«

Alle Stadthäuptlinge und alle Parteigenossen, die von '56 und die von '36 – wenn sie nicht gerade identisch waren, hatten plötzlich Zeit, sich unters Volk zu mischen, um von W.s ungebrochener Popularität zu profitieren.

Der Staatsanwalt und der Richter, die W. '52 wegen »Wirtschaftsvergehen« (Ost-West-Bücklinge- und Kaffee-Strümpfe-Fahrten) für fünf Jahre nach Bautzen schicken mußten, saßen in der ersten Reihe. Schließlich wurde ja W. nach dem 17. Juni '53 begnadigt... Unglaublich – aber das Zelt platzte fast, an einigen Stellen sogar echt, aus den Nähten.

Meiner Mutter, sie hatte W. '47 als Ortsvertriebene geheiratet, war das alles sehr peinlich – auch die Gespräche ihrer Banknachbarn. »Na, Frau Tauchnitz, mir ham ja Ihren Mann während der Hitlerzeit och nich eingesberrt oder unters Beil geschickt, sähnse – nu boxder widder« –

Richter und Staatsanwalt waren außer sich vor Stolz.

»Und Ihr Gleener« (die meinten mich), »gann doch och nischd dafür, daßer so dinne is...« (dinne = dünn).

Ja, damals – beim Prozeß, hatten die beiden Herren mich, zehnjährig, erst im Saal gelassen, als W. zur Sache (mit tausend Fragen) verhört wurde und mich dann (empört tuend...»was macht denn das Kind da«) hinausgeschickt – damit ich meiner Mutter alles berichten konnte und sie dann im Saale, übereinstimmend mit W., ihren Senf dazugeben konnte.

»Und e pfiffchen Gerlchen isser, wissens noch, damals?...«

Die Stimmung im Zelt hatte Sportpalastgewalt, deutsche Freneten. Mein »Zurückdenkenvergrößerungsglas« ist unschuldig. Das Zelt war wirklich ein Hexenkessel.

Erst im März '78 traf ich den Staatsanwalt (beim Autowaschen) wieder – er erkannte mich nicht. Und fragte ihn nach W. und – mein Gott – der Staatsanwalt legte los. Den Boxkampf schilderte er fast mit Verklärung im Pensionsgesicht. »Und Dochenischt war doch gerade nüchtern, an dem Tag«, behauptete der Herr Staatsanwalt

i. R., »'72 had er sich dann doch dodgesoffen«, war zwischendurch immer wieder sein erklärender Einwand.

Ich aber wollte doch Genaues aus der Hitlerzeit wissen. Und erfuhr alles. Mein Gefühl behauptet, daß der 78jährige »Staatsvertreter mit dem Gnadenbrot« nicht flunkerte, obwohl ich ihn immer wieder anstachelte, keine Hirngespinste zu berichten.

W.s Lokalgrößenstern muß 1926/27 aufgegangen sein.

Arbeitersportverein, Förderung durch Funktionäre der KPD. Und dann die sagenhaften Boxkämpfe, Kassenschlager. Meistens knallten die Gegner schon in der zweiten Runde in den Ringstaub. W. hatte bis 1935/36 jeden Kampf durch k. o. gewonnen, über 60 Schlachten in den Boxarenen der ganzen Umgebung. Weltergewicht, aber in der Halbschwergewichtsklasse boxend. Noch in den 60er Jahren sah ich, wie W. – im Suff – irgendwelche Kneipentüren oder Wohnungstüren mit blanken Fäusten zersplitterte.

Sinnigerweise war W.s »Kleinstadt« Hitlers erste vollorganisierte Gemeinde, später wiederum (1960) die erste vollorganisierte LPG-Gemeinde der Republik, und ganz früher gab's da auch den ersten Konsum Deutschlands (wurde dort gegründet).

Diese Kleinstadt E. hatte also schon immer Fanatiker vorzuweisen. Einer ließ sie in Schutt und Asche verwandeln, ein Nazi natürlich. Martin Rinkart dichtete hier ›Nun danket alle Gott...‹ und noch andere bekannte Kirchenlieder.

Der Schwedenkönig wurde in E. letztmalig öffentlich aufgebahrt und und und...

Doch Terror, Naziterror gab es nicht in E. Weil es den Dochenischt gab. Es klingt wie im Märchen – aber die Barbaren fürchteten sich vorm goldigen Adolf und vorm »Roten Dochenischt«.

Nur die Republikgründer von 1948 schlugen dann doch dem Dochenischt die Zähne aus – wegen oben genannter »Warenfahrten«. Bei Verhören. 1952. Aber das waren keine Einheimischen, die kannten eben W. nicht.

1962 rächte sich W. – die gleichen Zähneaushauer von '52 wollten die Westantenne vom Dach über W.s Haupt holen. Mit Gewalt versteht sich. Jedenfalls hatten die Herren dann keine Zähne mehr, und W. – als einziger in der Stadt – behielt sein Westbild. W. redete sich auf »Einbrecher« raus und wurde nicht verurteilt. Doch Demokratie, trotz Antennenabriß. Wer sagt was dagegen? Am blutigen Zahntag kam ich gerade vom Bäcker und traute meinen Augen nicht – auf den Treppen lagen überall echte Zähne, angeblutet. Und Walter roch nicht nach Alkohol.

Ja, in E. konnten sich noch bis 1945 echte (einheimische) KPD-Funktionäre halten. Sich treffen, Versammlung abhalten. W. – kein Mitglied der KPD – schützte die »roten Brüder« (sein Ausdruck). Dieser Ausdruck war voll ironisch gemeint.

In den Machtkämpfen (mit den Fäusten) von 1933 störte nicht eine einzige NS-Truppe eine KPD-Versammlung – Dochenischt war da.

1934! verkloppte W. (laut Staatsanwalt aktenkundig!) eine siebenköpfige NS-Führungsgruppe aus B., die auf der herrlichen Burg in E. eine Wochenendtagung mit Wein, Weib und Gesang abhielt.

Die Klopperei hing zwar mit Weibern zusammen – aber W. wollte »nur mal wieder ein paar Naziführer verdreschen« (der Staatsanwalt zu mir, beim Autowaschen 1978).

In der zweiten Runde fiel der Riesenmuskelmensch direkt aus dem Ring vor die Füße der Kleinstadtprominenz, der Richter (er hieß auch Richter), der Richter Richter also verknackte sich dabei den Knöchel. Der Kopf des unglücklichen Jungnaturburschen traf genau Richters Knöchel. W. hat dann die versprochenen 25 Mark (Ost) bis heute nicht erhalten – ein humorloser Sieg.

Natürlich hatte W. auch seine brutale Art, die aber nicht und nie gemein war, auf mich angewandt.

Ich mußte ein Muster an Ordnung, Pünktlichkeit, Fleiß und noch vieler solch ausgezeichneter Sachen sein.

Dieser Zwang aber hatte natürlich nur Augenblickserfolge. Dauererfolg stellte sich nie ein.

Bis heute.

Und Mißverständnisse passierten.

Der Junglehrer von '48 – natürlich kein Einheimischer – knallte mir mal den Stock ins Genick, die Spuren sah Walter (waren ja nicht von ihm), und ich petzte trotzdem nichts (im Unterbewußtsein tat mir der Lehrer leid – wenn's W. rausbekam, daß der Lehrer ...), aber der Mitschüler M. petzte es dem W.

W., mich bei der Hand nehmend und ab in die Lehrerswohnung. Geklingelt, der ahnungslose Lehrer öffnet – und schon war das hübsche Lehrergesicht unkenntlich.

W. schlug zu wie bei seinen Türen.

Und später – der Lehrer mußte Viehzählung abhalten und unsere Viecher zählen – sagte er meiner Mutter (W. war in der Kneipe), daß er sein ganzes Leben nie wieder ein Kind schlagen würde – auch die eigenen nicht. Ob er sein Versprechen einhielt?

Auch die Ziegenhütergeschichte...

Meine Ziege fraß doch die grünen Äpfel vom Baum eines peniblen Kleingärtners. Ich schlief derweilen im Gras. Der Gärtner störte mein Dösen und prügelte mich halblahm, ich konnte tatsächlich nicht mehr laufen mit meinen zehn Jahren. Der Vater eines Klassenkameraden mußte mich nach Hause tragen.

Mein Gott – der arme Gartenbesitzer wußte doch nicht, daß Dochenischt bei uns das Sagen hatte daheim...

Jedenfalls mußte ich mit hin in die Kleingärtneranlage – das Drama ansehen. Mit vielen anderen Leuten. Es sprach sich ja alles so schnell rum. Wie der tüchtige Kleingärtner da mich an der Hand von W. sah... noch hinkend, wurde ihm sofort schlecht, und er übergab sich vor aller Augen noch vor dem furchtbaren Splittern. Und außerdem war er der ehemalige Ortsgruppenleiter der NSDAP, *den* hatte W. sowieso noch nie unter den Händen...

Gerade, als sich die Beweise gegen den ehemaligen NS-Leiter häuften (er hatte zwei gefangene Russen totgeprügelt), starb er an – den Folgen der grünen Äpfel? Nach einem Jahr. Ich hinkte auch noch so lange. Und war vom Sportunterricht befreit.

Und meine sendungsbewußte Mutter wollte den Dochenischt ändern... Frau aus »besserem Hause«. In Polen enteignet. In W.s Wohnung neu beginnend. Sie schaffte natürlich nichts. Nur multiplizieren, dividieren, subtrahieren und schreiben lehrte sie ihn. Musizieren konnte er schon, auf dem Akkordeon, alle gängigen Lieder. Ohne Noten. Und Trompete spielte er wie ein Gott. Ohne Noten.

Dochenischt – ein in Paderborn verzüchteter Katholik, der Goethes »...die Kirche schwächt alles, was sie anrührt« auswendig dahersagte –, war in seiner aufrechten Brutalität ein Privatterrorist.

Gescheit und von akademischen, katholischen Paderborner Geistlichen zum Faustkämpfer verbildet, mußte W. seine Lebensintensität umleiten in Todesverachtung. Und trotzdem hat's nie jemand bemerkt – daß W. nicht so recht lesen und schreiben konnte und es erst mit 42 Jahren lernte. Und sogar fehlerfreie Briefe aus

Bautzen schrieb. Recht rührende. Wie es halt die Bautzener Zuchthausordnung zuließ.

Er mußte wohl auch irgendwie mit einer Hinrichtung in Berührung gekommen sein – Bautzen war (ist) groß...

»Wie kann man nur eine Todesstrafe befürworten«, kam's oft aus seinem unakademischen Schlägermaul. Heute gibt's ja viele unter den Akademikern, die das wohl schon befürworten.

(Man denke an die Sendung – Todesstrafe – ARD, 30.3.78, 20.15 – Herr Jäger).

Ach, und die Wiedersehensfreude mit ehemaligen Fremdarbeitern aus Polen, denen er (als einziger!) immer wieder das Leben erleichterte. Sie sogar rettete vorm Verhungern.

Die scharfen Bewacher wußten's, trauten sich aber nichts zu unternehmen gegen Dochenischt.

Es war ja der Kalk, der ihn rettete vor der Front – Halbblinde hat der Führer nun doch verschmäht. Aber Gefangenenbewachung? Gut für Leute mit Sehfehler. Wie Dochenischt.

W., halbblind, ohne Arbeit, mit 86 Mark Rente, Hungersnot nach dem Krieg – aber wir hatten immer Fressereien, nie Hunger. Dochenischt war immer unterwegs, besorgte alles. Und begann seine Schieberfuhren nach West-Berlin. Versorgte die »Obersten Zehntausend« der Kleinstadt mit Luxusartikeln – Ende der vierziger, Anfang der fünfziger Jahre. Frau Staatsanwalt und Frau Richter waren die besten Kunden. Ich mußte die Waren immer austragen.

Und bei der Verhandlung – die Gerichtsherren schwitzten etwas, verständlich – schwieg W. und belastete niemanden. Dabei wurde kein Gramm an Waren gefunden bei der Haussuchung. Nichts wurde beschlagnahmt. Und das kam so (verurteilt wurde er also nur auf Verdacht, ohne Beweise):

Ich stehe an der Sperre, um W. abzuholen vom Zug. Und belausche drei Herren. Und höre – daß sie W., beladen mit frischer Ware, verhaften wollen, wenn er durch die Sperre kommt. Wieso wußten sie die Zugankunft?

Ich raus – zum Bahnsteig geschlichen, W. abgepaßt, ihn informiert und schnell die ganze Ware übern Bahndamm. W., fröhlich pfeifend, unbelastet im doppelten Sinn, seinen Häschern entgegen, die waren sprachlos – W. ohne Waren. »Wo waren Sie?« »In L. (die Großstadt) zum Saufen.«

Ich mit dem Rad zu Muttern und von der Verhaftung berichtet. Alle Waren in den Handwagen und ab ins Versteck im Wald.

Kaum zurück – Haussuchung. Wieder keine Ware.

Lange Untersuchungshaft, dann fünf Jahre. Kunden waren nicht zu ermitteln (wohlweislich) – auch in der Verhandlung.

Dann der 17. Juni '53. W. ein paar Wochen später frei.

Herrgott, mußte ich ran in der Zeit. W. im Knast, Mutter im Krankenhaus (fast ein Jahr). Und der Bruder, neun Jahre älter, wollte verwöhnt werden – wecken – Frühstückmachen – »Bemmen schmiern.« Und der Misthund wollte doch nie raus aus seinem Muffelbett. Und die Schule war auch noch mit ihren Ansprüchen da.

Na, '60 bin ich dann, 18jährig, nach L. zum Studieren abgewandert. Kontakt hatte ich kaum noch zu W. – wegen vielen kriegsähnlichen Zuständen. Nur mit Muttern hielt das Verwöhnen (meins) an.

'68 dann bin ich dahin, wo man auch noch eine ähnliche Sprache spricht (hier). Der Zufall half mir dabei (Dienstfahrt), denn ich bin kein Held. Nur Angst habe ich verlernt. Durch den Dochenischt.

Als ich ihn das letzte Mal sah ('68), waren seine letzten Worte: »... und laß Dir nicht die Fresse polieren, drüben.«

Wie recht er hatte.

Ein erfreulicher Umweg – ich durfte gleich in den allerersten Semesterferien zur Urlaubsvertretung antreten.

Als Heizer auf einer riesigen Güterzuglokomotive.

Umweg heißt eigentlich Beziehungen, und Beziehungen nur deshalb – weil ich vorher, noch in den Schulferien, mit friedlichen Brauereipferden Bier in die Kneipen gefahren und dann geschleppt hatte. Beziehungen sind noch heute für mich abgekürzte Umwege.

Der gemütliche Stall von Klaus und Paul (die beiden Rappen) war an der Hinterwand der Lokschuppen angebaut. Eine angrenzende Mauer verhinderte nicht den Kontakt. Einige von den Schwarzverschmierten aus diesen unendlichen Schuppen tranken gerne mein liebevoll angebotenes Bier – Haustrunk, drei Liter pro Tag.

Noch heute für mich eine anstrengende Menge.

Ein trinkfester Lokomotivenmensch schlug mir dann auch vor, nach meiner Volljährigkeit doch eine Lok zu heizen in den großen Ferien. Der war nicht nur trinkfest, sondern auch berechnend. Das hat meine Einfältigkeit aber erst viel später begriffen...

Und ich war viel zu wild nach so einer Riesenlok.

Dabei aber auch faul, denn es war abgemacht mit mir selbst, daß ich nur vom reichlichen Stipendium lebe und nie wieder körperlich arbeite in den Ferien als Student – doch das Lokangebot...

Der Trinkfeste machte das Angebot und linste dabei auf einen Grauhaarriesen. Dieser gab nur eine Ja-Nein-Reaktion in die gespannte Runde ab. (Erst viel später ging mir auf, daß besagte Runde *äußerst* gespannt war.) Der Riese mit dem Silberkopf erklomm bärig sein Lokmonstrum, wurde von oben mit eilfertiger Hilfe seines Heizers reingezerrt, bedampfte sichtbar sein Heiligtum und pufferte aus den rußverdunkelten Schuppen.

Volljährig war ich schon seit drei Monaten, und ich meldete mich gleich am nächsten Tag bei der Brauerei ab, und dann trug ich meinen ölverschmierten Zettel, den hatte der Trinkfeste für mich als eine Art Ausweis geschrieben, in die Reichsbahndirektion. Der simple Zettel machte dort Eindruck, und ich wurde nach einer Stunde Wartezeit meinem neuen Boß vorgestellt – ob der mich auch will, meinten die Büromenschen der Reichsbahn.

In dieser Stunde fiel mir noch ein, daß die Brauerei vielleicht gar nicht grollte wegen meiner vorzeitigen Überwechslung zur Kohle.

Paul hatte mit seinem unzerstörbaren Pferdegebiß in aller Herrgottsfrühe den Lademeister gebissen. Dem Paul reichte halt (genau wie mir) die dauernde Morgenmaulerei des stinkfaulen Lademeisters. Der faule Kerl war zu der Zeit noch nie in seinen fünfzig Jahren von einem Pferd gebissen worden und ging deshalb mit einem leeren Holzbierkasten (die waren da noch wirklich aus Holz mit Eisengriffen, nicht so wie diese neumodischen Dinger heute) auf den wehrlosen, von mir liebevoll eingeschirrten Paul los. Pauls Biß und mein Bierfahrerpeitschenschlag nahmen der Brauerei für längere Zeit den Lademeister. Der schleppte sich zwar noch am nächsten Morgen in den Ladehof – aber nur, um meine Ladung so zu laden, daß... Am gefürchteten Stadtberg ruckten Paul und Klaus (seit Jahren ohne Kommando) in alter Frische an – und die ganze Ladung donnerte hinten runter – vor den lebhaften Berufsverkehr. Blamiert war ich.

Genau nach einer Stunde stand mein Boß vor mir – der Riese mit dem Silberkopf. Sah mich unbeschreiblich an (gar nicht überrascht), nickte fast unmerklich und ging. Kaum war der weg, flüsterten die Büromenschen (damals wurden politische Witze auch so geflüstert) mir zu, daß der Kerl komisch, wenn nicht gar unheimlich ist.

Ich fand ihn zwar ganz großartig, doch weil noch nie jemand seine Stimme gehört hatte, brauchte er für mich nicht unheimlich sein. Und als ich, nachdem ich meine Sondermarken für Fleisch und Butter erhalten hatte, auch noch fragte, warum denn die Reichsbahn 15 Jahre nach dem Zweiten Weltkrieg immer noch Reichsbahn hieß, ließen die mich antwortlos gehen. Doch mit der bissigen Bemerkung: »Sogar den echten Heizern grault's bei Talmann.« Erst dann las ich auf dem Arbeitszettel – Talmann, Lokführer.

Vier Uhr in der Nacht trat ich an bei Talmann. Der Wortlose, der bei den jährlichen Hör-Testen die Antwort auf einen Zettel schrieb – doch seit Jahren las der immer gleiche, behandelnde Testarzt nie die Antwort, sondern genoß das einzige jährliche Lächeln Talmanns – wie ich viel, viel später erfuhr...

Ohne Übergang begriff ich die wortlosen Kommandos. Und heizte die einzige Lok der Republik, die mit Steinkohle fuhr. Talmanns, nur Talmanns Steinkohlenprivileg. Alle anderen durften Briketts verheizen.

Der Fachmann trauert mit mir der Vergangenheit nach – unzählige Kohletonnen in eine nimmersatte Gluthölle nur von simpler Muskelkraft befördert.

Heute sitzen die Kollegen an solch neumodischen Knöpfen und drücken. Doch damals war Talmann Kaiser auf einer Arbeiter-und-Bauernlok. Und für ihn war dieses Stahlmonstrum ein eigener Himmel, war Liebe und Lebensinhalt. Seine würdevolle Sprachlosigkeit, sein beabsichtigtes Schweigen allen Menschen gegenüber war nur ein kleiner Ausdruck seiner äußerst konzentrierten Liebe zu seiner tonnenschweren Stahlfrau. Niemand durfte es wagen, seinen rollenden Stahltempel anzurühren, anzuheizen oder vielleicht mal gar aus dem Schuppen zu fahren.

Und niemand konnte begreifen, wieso er solch unglaublich enorme Zugkräfte aus einer ganz simplen Lok rausholte – freilich, er feuerte mit Steinkohle, die anderen durften das nicht. Doch das war nicht allein und am wenigsten ausschlaggebend. Die unerklärliche Bindung kroch jedem Fachmann unter die Haut, und ich glaube, daß auch Unbeteiligte das immer gespürt haben. Seine Lok hatte einen ganz eigenen Glanz, einen anderen Geruch, wurde immer erkannt und von jedem Streckenposten und aus jedem Bahnwärterhäuschen im Vorbeisausen gegrüßt. Talmann mochte keine Erfindungen, und der »Westen« mit seinen vielen Neuigkeiten war ihm suspekt. »Die Menschen verlieren sich dort in lauter Neuigkeiten«, schrieb er mir auf einen Zettel.

»Und in unserer Republik?« schrie ich ihm zu in den Fahrtlärm. »Die werden sich einmauern«, schrieb er auf eine Salemschachtel kurz vor der Wasserstation. Und das ein Jahr vor dem Mauerbau.

Eine Minute später die Wasserstation. Er mühte sich ab mit dem Wassereinlaß. Da durfte ich nicht ran. In der Wartezeit schrieb ich mir seine Krakelschrift in mein Arbeitsbuch ab – um im Kämmerlein nachdenken zu können. Ich wartete auf Talmann, der zerrte sich selbst rauf, noch von der Wasserei erschöpft, ich half ihm nie – das schien ihm zu gefallen. Plötzlich nahm er die Salemschachtel mir ab und warf seine Gedanken ins Feuer.

Nach der Wasserstation fiel mir ein – sechs Wochen bei Talmann sind um, in zwölf Stunden muß ich frisch geschniegelt in der Uni antanzen.

Das Jahr dann bis zu den nächsten Ferien war auch eine Art Vorfreude auf Talmann. Ich machte in dem Jahr den Führerschein und kaufte vom Reichsbahngeld eine 350er »Java«. – Der Sohn des Lademeisters soff immer Vaters Haustrunk, und deshalb kam ich zu seiner 350er.

Der Sohn war mir sogar noch dankbar – weil Talmann irgendwie verhindert hatte, daß »Lademeisters Sohn« zu arg bestraft wurde, wie – das weiß ich heute noch nicht genau. Ich hab's Talmann nur erzählt (ich traf ihn zufällig auf der Straße), daß der Lademeistersohn besoffen, und jetzt keinen Führerschein, und ich scharf auf seine Maschine usw. usw.... In einer Kleinstadt spricht sich ja alles so schnell rum.

Zwei Semester, pflichterfüllt abgedient, und ich war wieder bei Talmann in der Früh um vier. Der gab keine Begrüßungszeichen von sich – gerade so, als wäre ich nur mal schnell ein Bier für ihn holen gegangen.

Die ganzen sechs Wochen keine Philosophiezettel. Doch unfreundlich erschien er mir nicht, und weil ich nicht maulte bei den Kollegen über ihn, schüttelten die (vorwurfsvoll über mein »Dulden«) ihre verschmierten Schädel.

Außerdem saugte sich die insgeheime Bewunderung aller für Talmann auch in mir fest – doch ich gab's ehrlich zu, nur ihm zeigte ich sie nicht (eigentlich ungewollt).

Auch war ich gar nicht begierig, ihm seine Wünsche von den Augen zu lesen – wie seine jeweiligen Vollheizer.

Instinktiv freute es mich recht, wenn er vor sich hin buddelte und ich nur meine Hunderte Tonnen Steinkohle in die Gluthölle schaufelte. Talmann sprach nicht, lächelte nicht (außer der Sache beim Arzt) und gab niemandem eine schmierigschwarze Grußhand. Die Linke war immer schmutziger – trotzdem schrieb er doch seine Pflichtantworten linkshändig.

Daß ich keinen Versuch machte, ihn zu ergründen (wie halt jeder), sondern ihn einfach wurschteln ließ – das schien ihm zu gefallen.

Die zweiten sechs Wochen waren um im zweiten Jahr, und mein einziger Ehrgeiz – Talmann wenigstens ein Lächeln abzuringen – wurde nicht befriedigt.

Draußen in der »Zivilisation« konnte ich niemandem von Talmann erzählen.

Der Lademeistersohn hatte seinen Führerschein wieder und wollte die 350iger dazu. Er gab mir ein paar Hunderter weniger (Abnutzung und so) wieder als ich ihm gezahlt hatte und ich gab ihm seine Geliebte zurück. Ohne Fußraste, die war in einer Kurve abgerissen, und ich habe noch heute zwei Narben in meiner rechten Arschbacke.

Ich bekam wieder eine Menge Reichsbahngeld und spendete alles für irgendeinen Befreiungskampf – um nicht an den militärischen Zeltlagern der Universität teilnehmen zu müssen, ein wenig Erholung braucht der Mensch. Mein Studienjahr wurde stolz in allen Zeitungen genannt (der übliche Kram – »...spendeten die Studenten des zweiten Studienj...« usw.).

Und schon waren wir alle als Hundertprozentige abgestempelt.

Wir wurden irgendwie gemieden. Weil das gerade nach dem 13. August 1961 war. Talmann und ich erfuhren davon in Warschau. Talmann sah mich an und nickte deutlich mit seinem Marmorkopfe (für Kenner: »Mit seinem Marmorkopfe hat deutlich er genickt« – singt Leporello in ›Don Giovanni‹). Dann schrieb er wieder auf seine Salemschachtel: »Prophezeit!« Linkshändig.

Meine »Heldentat« (die Spende) begleitete mich natürlich positiv in meinen Personalakten. Meine Beziehungslosigkeit zu Geld, mein Wunsch nach Ruhe haben mir genützt. Leider habe ich diese Beziehungslosigkeit und den Ruhewunsch bis jetzt behalten. Manchmal schafft dieses starre Behalten Verdruß bei meinen Nächsten (Familie und so meine ich). Der Endeffekt ist also ohne Nutzen.

Deshalb bin ich ein ausgemachter störrischer Esel, der viel arbeitet, noch nie in einer Firma wegen Krankheit fehlte oder blaumachte, und trotzdem komme ich zu nichts. Und die Talmanngeschichte schleppe ich nun schon sieben Jahre rum –.

Die sechs Wochen im Sommer 1962 brachten das erste Lächeln Talmanns. Ich spielte nämlich zur Privatgaudi Studententheater und bin nach einer Premiere im geliehenen Smoking (meine Rolle) zum Saufen geschleppt worden, und nach der Sauferei mußte ich – wieder um vier – bei Talmann antreten.

Todernst schritt ich im todschicken Smoking durch staunende Schmiergesichter und hangelte mich – betont elegant – auf Talmanns Lok. Talmann drückte mir die zentnerschwere Schaufel in meine Hornhauthändchen – und lächelte. Er wich auch lächelnd vor meinem Wodkagestank zurück und lächelte – deutlich für alle aus dem Fenster. Und dann sah er mich zwölf Stunden überhaupt nicht an. Das war dann auch mein erster völlig selbständiger Zwölfstundentag. Talmann konnte sich einfach nicht umdrehen. Und ich bin zwölf Stunden gefahren (und einundvierzig Minuten) ohne Talmanns Zeichensprache. Von da ab brauchte ich nie wieder seine erregenden Zeichen. Der Smoking blieb dann mein Lokkostüm.

1963 spendete ich wieder eine Menge (wegen der Personalakten und wegen der Ruhe) für ein Aufbauwerk und wußte immer noch nicht, was der Talmann so in seiner Freizeit erledigte.

Sein eigener Urlaub galt seiner Lok. Eigenhändig, mit unglaublicher Liebe und Hingabe, verwandelte er seine Lok in eine strahlende Schönheit. Und keiner wagte sich dann in seine Nähe – nur sein Vollheizer, für ein paar Handreichungen.

Kurz vor meinen »Sechswochen« bei Talmann wurde ich wieder mal als Meister gefeiert – ich gewann ein Springen (Fallschirm) und schleppte mein Zeug stolz über den Landeplatz – wer steht plötzlich vor mir wie auf der Lok? – Er.

Natürlich ohne Gruß und so, er befingerte nur die Fallschirmseide und trabte ohne Regung wieder ab.

Ein paar Tage später stand dann auf seiner Salemschachtel: »Prima Sprung«. Dabei hatte ich geglaubt, daß er mich in meiner Montur gar nicht erkannt hatte. Und daß ich ihm auch wie einem völlig Fremden begegnete, schien ihm gefallen zu haben.

Ich hockte schon auf der Lok, als er sich hochächzte, und drehte mich gar nicht um, die Salemschachtel reichte er mir nur über die Schulter, das war alles.

Talmann war einer der wenigen, der auch Weststrecken fahren durfte. Und meine hohen Spenden brachten mir Vertrauen. Daß Talmann darauf bestand, mit mir zu fahren, ahnte ich nicht. Talmann und meine Spenden waren also ausschlaggebend.

Kurz nach der Grenze krabbelte ein versteckter Eisenbahner (Reichsbahn) hinter den Kohlen vor. Talmann reagierte überhaupt nicht. Ich auch nicht. Der Flüchtige war ganz fertig und begriff das nicht. In Braunschweig gab Talmann von seinen Westspesen dem Kollege6einen Fünfzigerschein und hch auch. Der Kollege wurde immer kaputter. Er schi5n von Talmann noch nie gehtrt zu haben. (Und von mir auch nicht.) Wie alltäglich brachten wir den Armen zu der Bahnhofsmission.

Die Missionsmenschen und ein Polizist, der seinen Morgenkaffee dort gerade trank, begriffen überhaupt nichts, und wir dampften vier Minuten später gen Hamburg. Zwölf Stunden später wusch uns das

Republikwasser wieder rein, ich blieb immer eine Stunde im Duschraum. Auch schon vor der Braunschweiger Geschichte.

Mein positives Verhalten – ich bin aus dem Feindesland zurückgekehrt – rechtfertigte das Vertrauen zu mir, meine Personalakte wurde immer besser. Ich hatte (wir hatten) noch drei Westfahrten. Ohne Zwischenfälle.

Nur eine Menge Bananen aus dem Feindesland schleppte ich ins gelobte Land. Im offenen Netz. Als ich damit ahnungslos in die volle Straßenbahn stieg, lösten meine Bananen wilde Aggressionen aus. Es war früh, und die Bevölkerung fuhr an den Arbeitsplatz, war ausgeschlafen, und ich sah müde aus – die Volksgenossen deuteten das sicherlich falsch –. »Das Bonzenschwein kommt sicher von so einer Bonzenparty noch halb besoffen und hat da die Bananen abgeschleppt, mein Kind hat noch nie eine gesehen«, schrie eine schon etwas ältere Mutter.

Ich hängte das Riesennetz an einen Gepäckhaken, sagte: »Bitte –«, gleichzeitig hielt die Bahn an einer Haltestelle, und ich stieg aus, um auf die nächste zu warten. »Jetzt hat er auch noch ein schlechtes Gewissen!« schrie noch einer mir nach, und noch »Bonzenschwein!« Dann sah ich, trotz der anfahrenden Straßenbahn, wie die sich alle auf das Netz warfen, ein Taschenmesser sah ich blitzen, sicher hat das dann das Netz aufgeschlitzt.

Nach der Statistik ist jeder sechste Bürger Parteigenosse. In der Straßenbahn waren aber bestimmt vierzig Leute, also müssen da mindestens sechs Genossen beschämt worden sein. Dieser Gedanke ließ mich dann doch noch ruhig schlafen. Das hat sich 1963 abgespielt, und ich möchte betonen, daß heute keiner mehr von Bananen Notiz nimmt in der Republik.

Daß Talmann ganz hinten saß, hatte ich nicht bemerkt. Er reichte mir dann nur am nächsten Tag wieder seine Salemschachtel über die Schulter: »Bonzenschwein, ha, ha, ha«, war linkshändig draufgekrakelt.

Ich drehte mich natürlich nicht um und wunderte mich nur, daß Talmann soviel rauchte. Denn die Schachteln waren immer leer.

Das war auch das Jahr (1963), in dem ich mit meinen großen Fleischfreßparties auffiel – mittendrin kam die Polizei, und ich mußte beweisen, woher ich die vielen Fleischberge hatte. (Dabei waren es doch nur Sonderrationen von der Reichsbahn.) Irgendein wachsamer Bürger hat das gemeldet – oder war es einer der eingeladenen Mitstudenten? Es muß sich jedenfalls jemand gewundert haben, woher ich denn das viele Fleisch bekam – und da ich ja nie etwas erzählte, was ich in den sechs Wochen Ferien tat, hatte auch niemand eine Erklärung. Die Westgetränke wurden ebenfalls sichergestellt – und als alles rauskam – reell erschuftet, reell aus dem Westen mitgebracht –, wurde ich vom 100%igen (wegen der Spenden) zu einem 1000%igen (wegen der Westfahrten) hochbefördert. Und daß ich nicht in der Partei war, machte mich vollends suspekt. Und als dann noch ein ganz Schlauer rumerzählte, daß meine eigene Mutter von »meinen Taten« nichts wußte – die wußte wirklich nichts, weil ich ja meine eigene Studentenbude hatte und nur alle paar Monate heimradelte –, lief das Maß über. Alle schnitten mich. Nur ein paar Mädchen (nicht so uninteressant) zeigten *mir* mehr als meinen »Mitbrüdern«. Aber das sind ja alles Themen für sich (und ein paar andere).

1964, mein vorletztes Jahr bei Talmann, brachte nochmals eine Westreise, Sauferei der mitgebrachten Getränke (das wurde dann doch von mir erwartet), und Talmann war zwischendurch mal wieder plötzlich auf dem Flugplatz.

Wie üblich kannten wir uns nicht, er befingerte nur wieder die Seide und verschwand.

Dann wieder die Salemschachtel mit: »Ich würde aufhören mit dem dämlichen Springen«. Wie gehabt, sah er nur meinen Rücken und wie ich die Salemschachtel einsteckte. Ich habe sie alle gesammelt.

Bis 1965 verlief dann alles fünfjahresplanmäßig, außer ein paar nicht uninteressanten Nebengeschichten, die natürlich nicht hierher gehören.

Talmann wurde übrigens auch 65 und wie ein Fürst geehrt. Mit Tribüne und so. Niemand gab ihm (wagte es nicht) die Hand. Er wurde reich (öffentlich) beschenkt.

Ich ging dann auch zu ihm vor an die Tribüne und schenkte ihm öffentlich – ein wunderschönes Stück Steinkohle.

Er gab mir die Hand und ging. Die Menge und ich waren vom Donner gerührt.

Ich ging dann einen heben. Mit ein paar lustigen Mädchen.

Zwei Wochen nach Talmanns Geburtstagsehrung begannen dann meine letzten »Sechs Wochen« bei Talmann. (Ach so, ich hatte im Juli mein Examen bestanden und für den 15. September eine richtige Stelle mit Gehalt und so bekommen.) Bei Talmann war ich dann bis zum 13.9.1965.

Doch mein erster Tag im »fünften Talmann-Jahr« begann gleich mit einem Schock; in aller Hergottsfrühe verstand ich Talmanns Zeichen nicht sofort. Dabei war es doch ganz klar – ich sollte sein Heiligtum aus dem Schuppen fahren. Da ich ja nie mich wunderte bei Talmann, dampfte ich also vorsichtig aus der Halle. (Ein Herzklopfen hatte ich – schlimmer als beim Examen.) Die vielen Zuschauer, die immer Talmanns Lok beäugten, jammerten auch sofort los: »Bist du denn verrückt, dem Alten seine Karre zu fahren«, usw. usw. »Mensch«, brüllte ich zurück, »schaut doch richtig hin, er kommandiert mich ja!« Das war zuviel für alle – sie sahen es mit eigenen Vieruhrfrühaugen.

Ab da wurden sämtliche Wörter, die ich zu ihm sprach, nach der Dusche usw., genau registriert. Und jeder begrüßte mich freundlich schon aus mindestens zwanzig Meter Entfernung. Doch ich hatte mich immer mehr mit Talmanns Sprachlosigkeit angefreundet und blies denen den fast gleichen (sprachlosen) Wind in die Gesichter.

Und die letzten vierzehn Tage durfte ich Talmanns Glaskasten immer aus dem Schuppen fahren.

Nach der allerletzten Nachtschicht schleppte ich mich nach der Dusche, mit Handtuch um die erschlagenen Hüften, zu Talmanns Spind und sagte ihm, dem Talmann, der nun am Spind stand (wir hatten ja ein lauschendes, stilles Publikum), daß ja das nun mein letzter Tag war bei ihm und daß ich doch nun übermorgen dann mein Studium anbringen müßte bei der neuen Arbeit und bedankte mich für die gute, lehrreiche Zeit und lauter solch ehrlich gemeinten Schmus. Als ich dann meinen ganzen gestotterten Kram los hatte – er hat sich dabei immer mit seinen frischen Socken beschäftigt, die nicht so recht über die lange Unterhose wollten –, winkt er mir zu – tritt näher. Ich näher ran, Talmann dreht sich wie eine Schildkröte so langsam um, fingert ewig in seinem Spind, alles still wie im Leichenhaus, und bringt endlich eine Brieftasche raus, mährt umständlich in der Brieftasche rum und grapscht fünf Hundertmarkscheine raus. Blickt mich (seit Jahren wieder mal) an, lächelt wie damals bei meiner Smokingeinlage und hält mir furchtbar umständlich die fünf Lappen hin. Ich greife, schon halb kaputt im Kopf, die Papiere und rühre mich überhaupt nicht.

Talmann grinst unverschämt, und plötzlich redet sein 65jähriges Maul mit einer ganz erträglichen Stimme in die Leichenhausstimmung: »Hast prima gearbeitet, wünsche Dir Hals- und Beinbruch, servus!«

Und das im fast akzentfreien Deutsch, ich meine Hochdeutsch.

Dann drehte er sich um und befaßte sich weiter mit seiner Anzieherei. Daß da mein Handtuch nicht mehr mitmachte, war klar, es ließ von mir ab, und ein paar alte Knackärsche, die da noch in der Gegend herumstanden, hatten wohl auch mit sich und ihren schon längst vertrockneten Gefühlen genug zu tun.

Talmanns Stimme lebte nur ein paar Sekunden in allen frisch gewaschenen Ohren, dann wurde sie gleich wieder zu Grabe getragen, eher schnell verscharrt. Zügig verließ die ganze Mannschaft das stille Leichenhaus.

Meine Vollbeschäftigung erlaubte mir auch weiterhin Westreisen. Jedes Jahr zu einer Westmesse. Vertrauenskapital dafür hatte ich gebucht und genug. Talmann hatte ich nie wieder gesehen. Doch nach vier Jahren klingelte mein Telefon, ich war gerade bei einer Westreisevorbereitung.

»Talmann«, hörte ich – und, »wenn du mich noch mal beglotzen (er sagte so) willst, kommst halt vorbei.« Dann hatte er schon aufgelegt. Es dauerte eine (die übliche) Weile, bis ich begriff und dann Talmanns Adresse rausbekam.

Hin, geklingelt. Eine Dame, ungefähr Talmanns Jahrgang, reißt mir die Tür auf.

»Sind Sie der Arzt?« Mein Nein warf sie fast um.

»Sind Sie der Angerufene, der, den er angerufen hat?« Mein Ja brachte sie fast um.

»Herrgott«, jammerte sein Weib, »ich habe seit 1933 (sie sagte seit 33) seine Stimme nicht gehört, und jetzt geht er ans Telefon und ruft einen Wildfremden an.«

Was 33 war, wollte ich wissen.

»Sie haben ihn abgeholt, direkt von seiner Lok runter, ich brachte ihm gerade Brote. Er aber tröstete mich und meinte, daß er bald zurück sein würde – aber erst 45 brachte man mir ein Skelett aus Dachau, ein lebendes, das war er dann«, jammerte sie weiter.

»Und jetzt liegt er da drinnen, ist wohlgenährt und macht alle«, so – »macht alle« – war ihr Ausdruck. (»Alle machen« – ist in der Gegend ein Jargon für »abkratzen«.)

Ich rein. Er lächelt wieder so unverschämt und bestätigt, daß er wirklich alle macht. »Du spinnst, Alter«, schreie ich ihn an. Er gibt mir seine saubere Linke, lächelt und macht ganz würdevoll alle. Ich bin vollends kaputt im Kopf.

Jedenfalls kannte ich Talmann.

Hering an der Lampe

Die Sachsenkleinstadt E., zwanzig Kilometer nordöstlich Leipzigs, tristete schon während der Jahrhundertwende wie ein verlorener Hering in Wladiwostock. Aber damals wälzte die Mulde ihr Wasser quellduftig in die Elbe und nicht stinkend wie heute.

1961, zur Tausendjahrfeier, überhäufte sich das Städtchen mit Fahnen und Blumen. Martin Niemöller predigte in der Nicolaikirche vor Stadt- und Parteinimbusträgern.

Der Stadtarzt H. schüttete sich kurz vor der Niemöller-Rede noch ein klares, scharfes Wässerchen, heimlich, auf die verlangenden Geschmacksnerven.

Sein letzter Sommer sollte es werden in dieser Stadt seiner Väter. Nur noch ein paar Tage, und er wird überrascht werden – in Bayern – von Ulbrichts Geniestreich: der Mauer.

Mitten im Urlaub, hinter dem Watzmann, erwischt ihn die Mauer-Botschaft und drängt die Fünfkopffamilie in Verwirrung – zurück in die vertraute Umgebung der Nicolaikirche, zurück ins eigene Haus und pünktlich die eigene Praxis wieder eröffnen, die Patienten schon wie fette Trauben im Wartezimmer – oder den ungeplanten Neuanfang im Westen wagen?

Claus, sein Ältester, will zurück. Aber militärisch knapp, so wie ihn seine Patienten kennen und lieben, befiehlt H.: Wir bleiben.

Der große Verzicht nimmt einen Anlauf.

Heute, fast zwanzig Jahre später, versteht der Claus nicht, warum er damals unbedingt mit seinem Zurückwollen Spannungen in den sich neuentwickelnden Anfang bröseln wollte.

Gott sei Dank, heute bröselt er mit frischen Westsemmeln. Mit Ostsemmeln nur während kurzer Besuche – alljährlich in seiner alten Heimatstadt E.

Claus jedenfalls mußte nie erst das Eis in der Waschschüssel aufhakken, damit dem schlafnackten Oberkörper die müde Wärme besser entzogen wurde – wie weiland Vater H. es in seiner Jugend täglich zelebrieren mußte im Winter, inmitten des Hofes einer Klosterschule.

Und nie hing vor Claus' Nase ein Hering an der Lampe. Ein salzduftig pendelnder Fisch, der eifrig von Pellkartoffeln abgeschleimt wurde, welche dann in den Hungermäulern einer großkalibrigen Familie verschwanden – damals, in der Kinderzeit des Vater H., als nämlich der Krieg Nr. 1 die letzten Toten in das überfressene, rülpsende Maul eines fetten Sensenmannes schüttete.

1921, vierzig Jahre vor Niemöllers Rede, zerknackte H. mit scharfen Kinderzähnen die berühmten Pumpernickel aus der feinsten Stadtbäckerei in E. – besonders dann, wenn die Neugier das Kind in das Sprechzimmer des Vaters trieb. Draußen im Wartezimmer konnte man das Pumpernickelknacken hören und denken, daß der alte Vater H. seinen Patienten die Knochen bricht. Doch drinnen erklärte dieser seinem elfjährigen Sohn und zukünftigen Nachfolger nur den Unterschied zwischen einem glatten und einem komplizierten Bruch.

Pfarrer Bäumer, er hielt 1978 die offizielle Totenrede am Grab von Brüsewitz in Zeitz, und der Arzt H. bugsierten den weltberühmten Niemöller durch die überfüllte Nicolaikirche. Die Tausendjahrfeier erreichte ihren Höhepunkt. Am gleichen Tag verließen viertausend Menschen den Führer Ulbricht. Der andere Führer war sechzehn Jahre tot. Und Niemöller sprach vom Bleiben und Leben. Und vom Überleben. Und hätte Niemöller am nächsten Tag den Ulbricht ablösen dürfen, wäre am übernächsten Tag die erste deutsche Rückflutwelle gen Osten gerollt... Heute rollt die ja gen Norden.

Nach der Niemöller-Rede bebte die Nicolaikirche zum ersten Mal seit Bestehen. Noch kein Kulturpalast der Republik hat je solchen Beifall erlebt. Vielleicht später das Deutsche Theater in Ost-Berlin nach sämtlichen Aufführungen des ›Frieden‹, bearbeitet von Peter Hacks nach Aristophanes.

Auf dem Vorplatz der Nicolaikirche wurde die gedämpfte Würde der Bereitschaftspolizei auf die Probe gestellt. Volkspolizisten und Westpolizisten verbindet Gemeinsames: die Angst. Aber gemütlich tratschen kann man nur mit einem Westpolizisten. Ein Vopo darf nur korrekte Dienstanweisungen formulieren. Dr. H. wollte nämlich aufkommenden Polizeiunmut mit einem kleinen Tratsch besänftigen. Der Genosse Leutnant, igelgesichtig und mittelalterlicher Patient von Dr. H., wetzte seinen linken Stiefelabsatz am Rinnstein und verdrehte die Augen, und es gelang ihm trotzdem nicht, seinen Respekt vor dem Stadtarzt H. in irgendeine Tasche der Uniform zu verstecken.

H.s Mörserstimme nämlich rückte den Leutnant L. gerade und spornte ihn an, den Befehl zu geben: »Achtung – in Zweierreihen angetreten – im Gleichschritt – Marsch!« Sechzig Volkspolizisten dampften zurück in den Polizeistall.

H. genierte sich nun nicht mehr und kippte vor aller Augen noch einen Schluck seines Wässerchens und bot dann Niemöller von der gleichen Marke an. Niemöllers Würde und sein kräftiges Zupacken vereinten sich zu einer besonderen Mannesgeste, und der zarte Niemöller war der augenblickliche Westernheld der Stadt, welcher mit dem Sheriff Dr. H. den Weg freigeschossen hatte.

Jedenfalls roch die Stadt würzig, die Blumen und die Menschen wetteiferten. Es ist nur – die Blüten verschlossen sich in dieser Nacht besonders fest. Die Menschen nicht. Denn neun Monate später war das Neugeborenengeschrei in der Umgebung des Kreiskrankenhauses derart lästig, daß die Nachbarn schon wieder in den neuansprießenden Mai hinausgetrieben wurden.

Am 13. Mai '62, neun Monate nachdem das DDR-Schiff sein Westleck verschlossen hatte, werkelte Dr. H. schon wieder in seiner neuen Hamburger Praxis. Seine feste Familienburg hinter sich.

Und 1963, es war der vierzigste Todestag seines Vaters, sah Dr. H. ihn plötzlich wieder. In Bronze – als neuangefertigte Büste zum ehrenden Gedächtnis an den Gründer des Hartmann-Bundes: Dr. med. Hermann Hartmann.

1980 – H. werkelt noch immer und trinkt er jetzt nur noch Kamillentee, Marke: selbstgepflückt.

1950 war Lehrer Sperling ein Donnergott. Er ist es noch heute für mich...

Jetzt steht er ohne Hut vor mir. Ganz ungeniert vor dem Volkspolizeikreisamt und vor der Oberschule. Zwölf Uhr mittags. Und ungeniert setzt er sich neben mich ins Westauto, beglotzt von Polizisten und Kollegen.

»Mein Kollege G. versteckt das Auto seiner Westbesucher in der Garage.« Ungläubig schaue ich meinem alten Lehrer ins sympathische, mit Schmissen bestückte Gesicht, das in den letzten dreißig Jahren nicht altern will.

Und selbstbewußt ergänzt er: »Ich könnte das nicht machen – nu gerade würde ich die Westkiste vor meinem Haus stehen lassen.«

Und dann sprechen wir über E. Remoli. Remoli, dieses Schülergenie und mein ehemaliger Klassenkamerad. Sperling und ich wissen beide nur zu gut, daß dieser Remoli heute – neunzehnhundertachtzig – ein weltbekannter Physiker wäre, der das Ansehen der DDR nur steigern könnte. Und weltweit würde man sagen: Ach so – der DDR-Remoli.

Keine Angst: Remoli lebt. Allerdings vom Funktionärsklüngel erschossen, aber er lebt und pflegt Kranke. Nicht als Arzt. Sperling und ich sind traurig über unsere Kontaktlosigkeit zu Remoli. Und ich begreife, daß dem Sperling Klöße im Hals stecken wegen Remoli. Remoli der Wunderschüler, der lieber ins Gras beißt als nur eine Minute das Ehrenkleid der Volksarmee zu tragen.

Der Fall Remoli ist tragischer als der Fall Bahro. Remoli war schon 1965 mit mehr Philosophie gesegnet als Bahro im Oktober 1979 während eines Rundfunkgesprächs. Jedenfalls würde Remoli nicht nach jedem vierten Wort »äh«, »äh«, »äh« gestammelt haben wie Bahro, was leicht nachprüfbar ist am Tonbandmaterial des Rundfunks. Remoli leistete sich nie Konzessionen zu Gunsten des Staates und verzichtete somit, sein Genie einer Öffentlichkeit zu beweisen. Mein Gott, könnte man sagen, die achtzehn Monate Wehrdienst hätte ein Remoli ertragen müssen, dann hätte er ja zur internationalen Physikerelite vorstoßen können. Danke - Remoli hat verzichtet. Uns will das nicht in den Kopf. Doch was soll das »hätte« und »würde«... hätte der Hund nicht geschissen, hätte er den Hasen erwischt – heißt es in Remolis Heimat.

Das Unheimliche am Arbeiter-und-Bauern-Staat sind die Mauer und die Todesstrafe. Der Parteilichkeitstick – bist du nicht für uns, so bist du gegen uns – ist das Beklemmende.

Und die gespannten Nerven, die Bundesbürger während eines DDR-Besuchs spüren... Man schnauft unwillkürlich aus nach dem letzten Schlagbaum und tritt so aufs Gas, daß die Westautobahn sich abscheuert.

Remoli hat sein Studium abgeschlossen für die Katz. Bahro – Gott sei Dank – nicht für die Katz. Und Sperling hatte dem Remoli eine große Zukunft vorausgesagt. Jeder, der Remoli kannte, haute in diese Zukunftskerbe. Aber die Herren der Musterungskommission dachten sich vielleicht, daß der Remoli mit einer Uniform noch schmucker wird als er schon war...

Mein alter Lehrer und ich redeten noch stundenlang, und wir spürten trotz der Sinnlosigkeit Erleichterung. Und trennten uns als Hammel, immer der Herde nachlaufend. Er – einer satten nach Osten, ich – einer unruhigen nach Westen.

Es ist bewiesen: In der DDR leben weit mehr Übergewichtige als in der Bundesrepublik. Was für ein Trost!

Der Volkspolizist lächelt unter seiner weißen Mütze nicht gerade einladend – aber er lächelt.

Mein Bruder – ein strammer und folgsamer DDR-Bürger, aber klapperdürr – und ich steigen aus dem Westblech aus. Und sehen in der spiegelnden Glaswand des Hauptposteinganges, daß der Ordnungsmensch uns aufmerksam nachschaut. Kaum habe ich das West-Gespräch nach Baumburg in Oberbayern angemeldet, werden wir schon in die überhitzte Kabine Nr. sieben geschickt von der mir schon seit Jahren bekannten, fülligen Postdame.

Immer wieder begreife ich nicht, warum während der Messe in Leipzig die Telefonkontakte in die »BRD« (DDR-Jargon) so überschnell hergestellt werden von der »Deutschen Post« – diese heißt dort wirklich so. Außerhalb der Messezeit warten die braven DDR-Menschen ab fünf Stunden aufwärts die Zeit ab.

Froh über die aufmunternden Worte meiner Gretel, hänge ich nach wenigen Minuten den Deutschen-Post-Hörer wieder auf die Hakenhalterung. Bezahle neun MDN (Mark Deutscher Notenbank) und spaziere gestärkt zurück zu meinem Westkarren, den folgsamen Bruder an der Seite. Er verarbeitet noch den so plötzlichen Westkontakt per Ohr mit meiner Gretel, weil er ihr auch ein paar Sätze ins Ohr artikulierte.

Und lächelnd reckt der Volkspolizist seine amtliche Vorderseite uns vor die Augen. Seine weißbehandschuhte Rechte zuckt mit geübter Eleganz an die weiße Mütze, und trotzdem behaupte ich in Gedanken, daß er ohne Uniform sehr gut als ältester Bauernsohn hinter einen oberbayerischen Pflug passen würde, Haflinger antreibend. Es hört sich ganz gesund an sein: »Hauptwachtmeister Lein, Sie haben ohne Parkscheibe geparkt, nach Paragraph soundso muß ich zehn Mark Strafe kassieren, Sie können in Demark zahlen.«

Sofort bleiben, durch die etwas überlaute Polizeistimme angelockt, die Nachmittagsspaziergänger im Hörumkreis stehen.

Ich warte mit einer Antwort, damit das weitere (durch Kettenreaktion) angesaugte Publikum die Steh-Greif-Vorstellung auch genießen kann. »Sie sind aus dem Norden der DDR zum Messeeinsatz abkommandiert worden – nich wahr?« frage ich ablenkend, im besten Sächsisch.

Das Publikum und er haben schon die ersten Staunfalten auf den

Gesichtern. Er nickt, und sein steifes »Spitzes-Stein-Hochdeutsch« ist ohne Humorfünkchen (ich muß an den »BRD«-Vertreter in der DDR, Gaus, denken, obwohl der sehr humorvoll sein soll, geht es mir dennoch nie in den Kopf, daß die »Spitzen-Steine-Sprecher« tatsächlich Humor besitzen mit ihrer »Steifen-Spitzen-Steine-Art«, die immer etwas »Von-oben-herab« klingt), als er wiederholt: »Darf ich also um die zehn Mark bitten.«

Leider, leider spreche ich kein Bayerisch. Also verzichte ich auf Hochdeutsch und antworte wieder im schönsten Sächsisch: »Nein, wegen Ihrer Hinterlistigkeit bekommen Sie keinen Pfennig von mir.« Mein Bruder errötet heftig.

Der norddeutsche Volkspolizist verliert seine Haltung nicht, die Zuschauer werden ganz still, und wir alle hören den Hoch-Deutschen: »Dann müssen Sie mir Ihre Papiere geben, wenn Sie kein Geld mehr haben.« Und gleich darauf: »Bei Ihnen in der BRD bekommen Sie schließlich auch einen Eintrag in Flensburg.«

Seine Flensburgkenntnisse und sein verdammtes Spitzes-Stein-Hochdeutsch verwirren mich. Und es fällt mir ein, daß ich zwar immer den Spitzen-Stein-Gaus wählen würde, weil er ein SPD-Mann ist, aber viel lieber würde ich mit dem bayerisch sprechenden Strauß durch einen Wald spazieren. Und über Gott und die Welt plauschen.

Dem gesunden, verkleideten Bauernsohn aus dem Norden – ich bin mir fast sicher, daß er wirklich einer ist – entgegne ich: »Wenn Sie das Glück haben, in München vor irgendeiner Post ohne Parkscheibe parken zu dürfen, und ein Westkollege sähe das, dann würde dieser Sie bestimmt nicht in die Falle tappen lassen, sondern sagen: ›Mein Lieber, Sie brauchen eine Parkscheibe.‹«

Wir sprechen sehr laut, doch ohne Erregung. Das Publikum lauscht höchst interessiert. Der Vopo antwortet mit einem energischen Schritt, seine gewichsten Stiefel lärmen. Die behandschuhte Linke berührt fast meinen eingezogenen Bauch, und ich staune über seine Rechte, die dabei auf der Pistolentasche etwas Halt sucht. Mein Gott, denke ich, der weiß nicht nur über Flensburg Bescheid, sondern auch über unsere Terroristen. Meine Linke verkrault sich im zu kurzen Bart, am rechten Zeigefinger knabbere ich verlegen. Den bisherigen Tonfall aber behalte ich bei, als ich fortfahre: »Mein Herr, Sie sind im Vorteil, Sie besitzen eine Pistole, meine Autonummer und ich sind hier registriert. Sie bekommen deshalb trotzdem keine müde Mark von mir, keine Papiere – aber Sie dürfen schießen. Ihre Polizeigenossen haben erst vor zwei Jahren an der Grenze einen italienischen Kommunisten, ein LKW-Fahrer, erschossen. Nun dürfen Sie einen westdeutschen Kapitalisten erschießen und bekommen sicher einen Orden. Wir steigen jetzt nämlich ein ins Kapitalistenauto und fahren gemütlich ins Quartier, heim zu Muttern.«

Und die Ohren wollens nicht glauben: Spontaner Applaus der Lauscher, wie im Theater.

Mein Bruder errötet noch heftiger.

Der Polizist nimmt seine Mütze ab, warum, weiß ich heute noch nicht. Wir steigen ein und fahren los.

Mein Bruder, der starke Raucher, schafft's nicht, eine Zigarette anzuzünden.

Zwanzig Minuten später sitzen wir schon an Mutterns Klößen. Nach weiteren dreißig Minuten sind diese ratzeputz alle. »Ihr seid so schweigsam«, wundert sich unsere alte Dame. Verlegen will sich mein Herr Bruder nun endlich seinen Glimmstengel gönnen.

Es klingelt Sturm. Er verbrennt sich die Finger, und die Tabaknudel rollt auf den Teppich. Mutter schaut erstaunt. Und öffnet.

In bestem Sächsisch bittet die rothaarige, klapperdürre Nachbarin um Salz, es ist ihr ausgegangen.

Der Bauernsohn ist mir plötzlich sehr sympathisch.

Girreleit

Girreleit quälte sich durch die offenstehende Bürotür als wäre diese ein ebenerdiges Fenster. Mein Gott, wunderte ich mich, wenn man dieser ineinandergestülpten Gestalt einen Schlauch in den Bauch steckt und sie dann aufbläst, würde ein Herkules an die Zimmerdecke stoßen.

Das eingeschüchtert wirkende Fluidum dieser Figur kroch mir sofort den Rücken rauf und runter.

»Girreleit«, stellte er sich vor, »Sie suchen einen Bücherfachmann«, war der übergangslose Nachsatz.

Ich mußte etwas sehr Nettes erwidert haben (Genaueres weiß ich nicht mehr), denn Girreleit setzte sich einfach vor meinen Schreibtisch und legte eine bekannte NS-Zeitung vom April 1945 vor mein sprachloses Gesicht. Und das 1968, im Arbeiter-und-Bauern-Staat.

Vor mir hockte ein Kinderheld aus den letzten Tagen des Wahnsinns. Das Blatt berichtete über (unglaubliche?) Mutbeweise eines knapp 15jährigen Girreleit.

»Ich sehe rentenreif aus und bin es, das verdanke ich der Benjamin«, kam's mir gleichmütig-freundlich entgegen.

Benjamin, Hilde – warum ist dieser schrecklichste aller Namen (nach Hitler?) in Deutschland heute vergessen. H. B., erste Justizministerin eines Arbeiter-und-Bauern-Staates. Ein weiblicher Roland Freisler. Totgeschwiegen, aus Scham, von den Nachkriegspolitikern.

»Bis '47 blieb ich ungeschoren, doch dann hat mich ein Mitbewohner denunziert. Schließlich hatte ich ein paar Russen auf dem Gewissen. Steht ja alles da«, tippte er auf die bebilderten Stellen der NS-Zeitung.

»Da waren Sie ja erst fünfzehn und schon so fanatisch«, habe ich, wohl sehr dämlich, erwidert. Girreleit verzieh mir diese saudumme Bemerkung.

»Na, da stand ich dann halt Anfang '48 – die DDR-Gründung lief an – in einer Wohnküche (in Halle/Saale) vor meiner Richterin. Vormittags hatte ich noch den Stall ausgemistet. Vor der letzten Mistfuhre wurde ich verhaftet. Zwei Stunden später stand ich schon – mit mindestens hundert anderen – vorm Schnellgericht.

Immer, wenn einer nach höchstens fünf Minuten aus der Schnellgerichts-Küche rauskam, starrten wir neugierig, mit gespitzten Ohren, auf seine Lippen. Da kam's nur immer ›lebenslänglich‹, ›Kopf ab‹, ›lebenslänglich‹, ›Kopf ab‹ usw. raus.

Mich sah die Benjamin nicht mal an. ›Kopf ab‹, hörte auch ich nach zwei Minuten. Draußen brachte ich es aber nicht raus. Daß ich jetzt vor Ihnen hocke – vielleicht, weil ich noch zur ›Tatzeit‹ erst fünfzehn war? Ich weiß es nicht. Meine Hinrichtung wurde bis zum 17. Juni '53 hinausgeschoben. Anläßlich des Volksaufstandes wurde ich begnadigt – zu lebenslänglich. Meine Mutter hat bis vor einer Woche alles versucht, mich rauszuholen. Da bin ich jetzt«, schloß Girreleit kurz und bündig.

Ich weigere mich, hier alles wiederzugeben, was er mir berichtete. Girreleits Zuchthausjahre – von '48–'68 – wurden mir so eindringlich geschildert (ich hatte leider kein Band laufen), daß es sinnlos wäre, alle Grausamkeiten aus dem sozialistischen Zuchthausalltag zu wiederholen. Nur, daß in Bautzen führende Köpfe aus allen beruflichen Bereichen der Republik büßten. Vom Minister, über Ärzte, Physiker, Chemiker usw., ist mir noch gut in Erinnerung. »Wir hatten eine komplette Regierung«, bemerkte, irgendwie stolz, Girreleit.

Vor mir saß ein achtunddreißigjähriger, zahnloser Hungergreis. Mit siebzehn in ein DDR-Zuchthaus, mit knapp achtunddreißig entlassen und doch schon siebzig, nur nicht ganz so fit wie ein gesunder Siebzigjähriger.

Ich ging raus und mußte kotzen.

Das dauerte länger, wieder ›frisch machen‹ etc. Trotzdem, Girreleit hat's nach meiner Rückkehr ins fade Büro bemerkt. »Prima, daß Sie noch kotzen können, über soviel Scheiße«, sagte er einfach.

»Warum gehen Sie nicht in die BRD?« fragte ich.

»Weil meine Mutter nicht ausreisen darf«, lächelte Girreleit. »Sie ist erst 59«, erklärte er bewußt überflüssig. »Ich muß noch warten«, diese Nachbemerkung kam gleichsam auch heiter. »Hier«, Girreleit blätterte mir eine schriftliche Verpflichtung entgegen, »ich muß innerhalb einer Woche am sozialistischen Arbeitsprozeß teilnehmen, nach meiner Entlassung.«

Sofort rief ich einen befreundeten Arzt an und hatte zwanzig Minuten später einen Termin – mit Girreleit. Der brave, zuverlässige Doktor zauberte eine Sechswochen-Erholungskur an der Ostsee aus dem Nichts, Girreleit konnt's nicht glauben.

Am übernächsten Tag brachte ich Girreleit in sein Privatquartier an die See. Und während der Fahrt hoffte ich, daß seine Wirtsleute ganz auf meiner Wellenlänge lägen. Sie taten es. Und ich konnte Girreleit noch zusätzliche sechs Wochen unterbringen. Meine großzügige »Privatschatulle« hatte auch die Wirtsleute überzeugt.

Drei Monate blieb Girreleit weg von dem Arbeitsplatz, den er noch gar nicht gesehen hatte. Ein erstklassiges Gebiß ließ ich ihm – fernmündlich und mit Vorauszahlung – auch machen.

Doch dann kam's ganz dick: Ein Mann war eingestellt worden, hatte keinen Tag gearbeitet und bezog ein hohes Gehalt (»... ich bin schon so lange da und bekomme dreihundert Mark weniger«, sagte ein ganz fauler Neider).

Bis nach Berlin ins Ministerium schlugen die Wellen der Empörung über meinen Einsatz für Girreleit.

Ich wartete auf die nächste Betriebsversammlung. Proppenvoll der Speisesaal. Düstere Stimmung gegen mich. Niemand wußte etwas über Girreleit. Nur die obersten Bosse in Berlin. Diese hielten sich aber vorerst zurück. Der BGL-Vorsitzende (BGL = Betriebs-Gewerkschafts-Leitung), der hauptamtliche Parteisekretär – jeder zweifelte nicht an »meinen Qualitäten«, doch das mit Girreleit ging zu weit.

Totenstille, als ich zum Kommentar ansetzte. Anschließend konnte ich betroffenes Schweigen registrieren. Ich nahm kein Blatt vor's Maul. Und rief zur Spende auf. Die Betroffenheit entlud sich in eine gewaltige Spendenaktion. Die Bosse in Berlin waren betroffen. Ich schrieb jeden dieser Genossen an und bat auch um größere Spenden. Es kam aber nur ein Anruf. »Sie sind vorerst von Ihrer Funktion entbunden. Wir schicken einen anderen Mann. Einen Genossen.« Der kam dann auch. Und hatte einen schweren Stand.

Girreleit wurde ein hervorragender Mitarbeiter. Ich wechselte ein wenig später den Staat. Girreleit habe ich aus den Augen verloren. Schade.

Sittner mußte nach dem Abitur – 1959 – der staatlichen Anordnung folgen: Arbeit in der Produktion.

Für ein Jahr wählte er eine Arbeit hinter den Kulissen – schließlich wollte er Bühnenbildner werden, und praktische Erfahrungen über Kulissenaufbauten sind wichtig für spätere Studien über Bühnenbildnerei.

Leider war Sittner zu gut und beherrschte nach wenigen Wochen jeden Kulissenaufbau. Vorzeitig katapultierte die technische Leitung des Opernhauses in L. den Sittner zum Brigadier, später zum Bühnenmeister. Sittner beschämte durch sein Vorarbeiten den fast nur aus Halbalphabeten bestehenden Haufen von Muskelmenschen. Die rücksichtslose Primitivität der Arbeit war es, welche den Sittner zweifeln ließ an ganz einfachen Fähigkeiten seiner Leute. Siebzehn von einundzwanzig konnten mit Anstrengung die linke und die rechte Bühnenseite auseinanderhalten. Und nie war Sittner überheblich, aber daß Menschen so schwer begreifen, machte den Sittner wütend, und gleichzeitig konnte er sich aber doch nicht der Faszination der ihn täglich umhüllenden Dummheit entziehen.

Die letzten Wochen seines praktischen »Erfahrungsjahres« verbrachte Sittner mit Warten. Er wartete täglich auf ein Schreiben der Hochschule. Denn Sittner wollte Daten: Antritt des Studiums, Tag, Uhrzeit usw....

Doch umsonst war er nicht ernannt zum Bühnenmeister – einen so guten Mann konnte ein technischer Leiter nicht an eine Hochschule ziehen lassen. Die Kaderleitung – bundesdeutsch: Personalleitung – hatte so ihre Pläne...

Sittner schrieb im Jahre '60 an die Hochschule und forderte seinen Studienplatz. – »Nach Information der Kaderleitung des Opernhauses in L. sind Sie schon längere Zeit republikflüchtig« – diesen Satz mußte Sittner tausendmal lesen im Antwortbrief des Hochschulrektors.

Sittners Bescheidenheit feierte einen ersten Triumph: Er akzeptierte die Auskunft seiner Kaderleitung und wurde der einzige Bühnenmeister der Republik mit Abitur. »Klempner mit Abitur wär' auch nicht schlecht«, tröstete er die engsten Mitmenschen.

Sittner bestaunte den Mauerbau als geachteter Theatermeister. Und außerhalb der Achtundvierzigstundenwoche flüchtete Sittner in eine Kunst- und Literaturwelt, und besonders die Musik half ihm, das nicht zu überbietende primitive Arbeitsklima zu ertragen. – »Bach, zwei Violinen, d-moll, das ist das Universum in der Musik«, versuchte Sittner seinen wenigen Freunden zu erklären.

Außerdem genoß Sittner den Vorteil, daß er während der Arbeitszeit alle gängigen Opern studieren konnte, einschließlich der Inszenierungen. Sittner hätte leicht einen erkrankten Dirigenten ersetzen können. Doch leider durfte Sittner nur plötzlich erkrankte Bühnenmeisterkollegen vertreten. Heute noch.

Und neulich, nach der letzten Vertretung, bewies Sittner noch in der Straßenbahn seinen Sinn für Situationskomik: Ihm saß eine ältere Dame gegenüber. In Leuchtrot. Kostüm, Handschuhe, Stiefel, Hut, Tüllschleier. Alle Nuancen der Dame gleichfarben. Und Finger- und Zehennägel zwar unsichtbar, doch Sittner war sicher: diese Nägel auch kostümfarbig.

Auf Sittners Knien die Aktenmappe. Darauf trommelte er mit allen zehn Fingern den »Aida«-Marsch. Und bestaunte immerfort die rote Dame. Selbige knetete verlegen und nervös – wegen Sittners Prüfungsstaunen – den Minischirm mit der roten Hülle.

Sittner wechselte das Marschthema:»Die Macht des Schicksals«. Die Dame knetete heftiger. Die Rotlippen verengten sich. Das Damenköpfchen bewegte sich immer schneller von links nach rechts und von rechts nach links. Wie während einer Tischtennisweltmeisterschaft. Und dann verharrte ruckig die Kopfbewegung. Starr fixierte die Dame den Bühnenmeister und nahm Schwung mit dem rechten Arm, darin der Kleinschirm als Knüppelwaffe, dazu formulierte sie deutlich: »Wenn Sie jetzt nicht aufhören mit Ihrem dämlichen Getrommle, hau' ich Ihnen den Schirm an den Kopp.«

Sittner unterwarf sich mit einem Befreiungslachen der Drohung und bat die Dame ins nächste Café.

Minuten später wunderte sich die Bedienung über ein deutliches Schlürfen am Tisch des ungleichen Paares – und konnte nicht ahnen, daß es nur ein kraftvolles Versöhnungsschlürfen war. Und daß die Dame in Rot dem Sittner die Fehler ihres Mannes – er war der Chefdirigent des Opernhauses – erklärte, konnte die Bedienung auch nicht hören.

Die künstlerische Oberschicht des Großen Opernhauses in L. mußte notgedrungen die außergewöhnlichen Fähigkeiten des Technikers Sittner zur Kenntnis nehmen. – Generell distanziert sich der Künstler überall in der Welt vom Techniker. Doch Sittner konnte sich während der letzten zwanzig Jahre von den Künstlern distanzieren, und er leistete sich eine, wenn auch reservierte Freundschaft nur zu zwei oder drei Künstlern. – Ganz richtig hat wohl der Felsensteinnachfolger Herz als erster den Sittner und seine Fähigkeiten begriffen. Herz nämlich trennte sich vom Opernhaus in L., um in der Hauptstadt die Nachfolge des weltberühmten Felsenstein anzutreten. Und der zweite Triumph Sittnerscher Bescheidenheit: Er ließ sich nicht von Herz abwerben. Sittner blieb in L. Bis heute. Herz hatte Mühe, das zu begreifen.

Es ist nicht erstaunlich, daß Sittner neunzehnhundertachtzig genau noch so aussieht wie neunzehnhundertsechzig. Keine Falte machte sich breit in seinem Jugendgesicht. Kein graues Haar im dichten Schwarzkopf, und vielleicht ist die Gleichmut seiner Seele schuld an dieser äußerlichen Nichtveränderung. Als nichtalltäglicher Mensch konnte er Anfang der siebziger Jahre eine außerordentliche Frau heiraten. Wenig später gesellte sich, der Natur sei Dank, ein Söhnchen dazu.

Sittner schuf mit seiner Familiengründung, sicher ungewollt, eine wichtige Voraussetzung für Westreisegenehmigungen mit seinem Ensemble.

Sittner wird nie enttäuschen und im Westen bleiben.

Die nächste Reise des Ensembles aus L. ist in Sicht – schaut Euch dann den Sittner an.

Thereses Kinder

In dem altmodischen Holzbauch fanden wir immer ein Plätzchen. Der Holzbauch gehörte zur Therese. Das Altmodische war ihr Kleid. Und beides machte alles an ihr so dröhnend. Trotzdem hat Therese ihre Reize, frohlockte ich täglich.

Aus dem Goldenen Westen strömten zweimal jährlich die Messebesucher in die alte Handelsstadt an der Pleiße. Der Oberbürgermeister von »Klein-Paris« (Goethe) mochte die alte Therese nicht. Therese war ihm ein großer Holz- und Eisendorn im Auge. Und daß der alte Goethe die sächsische Metropole mit der französis chen Hauptstadt verglich, konnte man im Inneren der Therese auch lesen. Eingeschnitzt in die Rücklehne der mittleren Holzbank war das komplette Meisterwort: »Mein Leipzig lob' ich mir – es ist ein Klein-Paris und bildet seine Leute.«

Den verwöhnten Westmenschen wollte der Herr Bürgermeister die alte Therese nicht mehr zumuten. »Therese verschandelt das ganze Stadtbild«, so der Herr aus dem Rathaus.

Im Winter bot Therese ihren Gästen nur ein einziges warmes Plätzchen an. Erwachsene kamen da nicht ran. Nur wir Kinder und die Hunde. Die warme Luft hinter diesem Plätzchen kroch aus einem Eckchen, das durch ein lästig klapperndes Eisenrad verbaut war. An dem Eisenrad wärmten wir uns die klammen Finger. Im Gedränge griff man manchmal in eine feuchte Hundeschnauze, weil jeder Hund sich am warmen Lufthauch wärmen wollte. Thereses warme Quelle konnte man also nur stehend genießen. Auf den Sitzplätzen froren die Erwachsenen.

Und der dickste Hund, der immer das ganze Rad versperrte, gehörte zu einer dicken Frau, die immer an der Tür stehenbleiben mußte, weil sie sonst beim Aussteigen alle Fahrgäste vor sich her gedrängt hätte.

Einmal war die Dicke an der Endstation zugestiegen, hatte zwei Sitzplätze besetzt und mit ihrem breiten Rücken das gesamte Loblied von Meister Goethe verdeckt. Nach und nach hatte sich Thereses Bauch gefüllt, und dann war der Augenblick gekommen – die Dicke wollte aussteigen... Jedenfalls hatte der Fahrer, ein gemütlicher Sachse mit einem roten Schnauzer, dann zehn Minuten Verspätung aufholen müssen.

Seitdem durfte die Dame immer am Eingang ausharren, was sonst nicht erlaubt war. Wie ein Elefant bewachte das Riesenweib Thereses schmale Tür. Außerdem mußte sich die Dame immer seitlich durch die Tür quetschen. – Wenn Therese wippte, war der Eingang frei. Das safte Wippen war wiederum ein Zeichen für den mächtigen Hund, der machte dann nämlich den Platz am Eisenrad frei für uns und schoß durch siebenundneunzig Beine seiner wohlgenährten Herrin nach. Ohne Knurren. Und manchmal riß der Hund die schwere Einkaufstasche um. Dann klebten frische Landeier an Hosenbeinen und gefroren zu einem zweifarbigen Klumpen. Die Einkaufstasche wurde nämlich oft von ihrer dicken Besitzerin vergessen, weil die sich zu sehr auf das Aussteigen konzentrieren mußte. Und dafür benötigte die Dame so viel Zeit, wie eine ganze ungeübte Kompanie Soldaten gebraucht hätte.

Außerdem wußten alle Fahrgäste schon längst genau über den Tascheninhalt Bescheid. Fräulein Otto, so hieß die dicke Dame, war nämlich gesprächiger als unsere ganze Klasse zusammen. Und das trotz ihrer sechzig Jahre und den zweihundertsechzig Pfund Lebendgewicht.

Schlimm war, daß auch gute Butter breitgetreten wurde. Aber manchmal fand ich auch eine Kartoffel. Es ist schade, daß ich heute keine gefundene Kartoffel spontan mehr braten würde...

Mir fiel auf, daß der Schnauzbärtige besonders schneidig die alte Therese in die Kurven hetzte – wenn Fräulein Otto in der Tür stand. Er wußte, daß Fräulein Otto nie rausfallen würde. Aber einmal riß sie – dank der Fliehkraft – den Haltegriff aus seiner jahrzehntealten Verankerung. Zweizentnersechzig ergossen sich auf unseren Klassensprecher. Der mußte natürlich wieder brüllen wie bei jeder Kleinigkeit. Sonst hörte ja Fräulein Otto sehr schlecht. Jedenfalls verloren wir unseren Sprecher nicht. Obwohl mir der Sprecherposten zustand, wurde immer der Bodoschnik gewählt. Ich, als alter Vorsager, mußte mit der Nichtwahl für mein dauerndes Vorsagen bestraft werden.

Bodoschnik war für die Rettung Thereses von Wichtigkeit. Er war auch ein strammer Jung-Pionier, und eigentlich nannte man ihn »Gruppenratsvorsitzender« – ins Westdeutsche übersetzt: Klassensprecher. Und nicht nur mein Vorsagen war schuld, daß ich dieses wichtige Amt nie ausfüllen konnte: Ich war nämlich gar nicht mal organisiert in diesem jüngsten Sturmtrupp der Republik. Als Einziger in der ganzen Schule.

Aus sicherer Quelle wußte ich, daß auch Studenten an Thereses Rettung interessiert waren. In Thereses schepperndem Bauch lernte man sich nämlich gerne kennen. Dieses Kennenlernen beobachtete ich oft und genau. Therese selbst war Gesprächsstoff genug. Und war ein Mädchen etwas kontaktfreudig aufgelegt – husch ein Sprung in Thereses Bauch, ein durchgerütteltes Gesicht, die Hände an den abgewetzten Griffen und schwanken wie Therese selbst – und schon biß ein Bursche an. Als ich wieder einmal solch ein Manöver beobachtete, ging mir doch der Hut an die Decke! So ein Annäherungsflegel mokierte sich über Thereses Altersschwäche und meinte, das wäre ein besonders origineller Gesprächsbeginn. Ich nahm Bodoschniks neugebügeltes, seine Mutter war Parteifunktionärin, wunderbar blau leuchtendes Pionierhalstuch und band damit den Lackel an seinem Wehrmachtshosengürtel an einem Holzgriff fest. Der Täuberich gurrte und bemerkte nichts. Sein Ledergürtel war stabil. Das Halstuch und Thereses Holz waren auch nicht von Pappe. Mein Fußtritt dann genauso wenig. Er gellte auf – sicher ein polit. Wiss. stud. Er wollte nach mir schnappen, hing aber bombensicher am sozialistischen Tuch und am Nazikoppel. Dann sah er ein, daß man nicht ungestraft Therese beleidigen konnte. Sein Täubchen band ihn vom Pfahl. Therese kreischte in einer Kurve. Dieses Kreischen war stadtbekannt. Der Gockel unterdrückte eine Schmähung gegen mich. »Sie wird schon durchhalten, die Therese«, hörte ich sein Fräulein. Sogleich schenkte ich ihr meinen großen Pausenapfel. Der polit. stud. machte Eifersuchtsaugen. »Therese soll ja bald eingeschrottet werden.« Diese leider richtige Bemerkung des Zukunftspolitikers hatte keinen bösen Tonfall. Sein Schienbein tat mir leid. »Das werden wir verhindern, meinen Sie nicht?« fragte ich versöhnlich, als der Schnauzbärtige die guten, alten Bremsen der Therese laut aufschreien ließ: Ein Volkspolizist und sein schneidiges Motorrad schusselten in die Schienenritzen. »Verdammich«, schimpfte der Schnauzbart, »eine neue Bahn hätte das nicht erbremst.« Der Schnauzer war schon seit vierzig Jahren Thereses Kapitän.

Und er wollte Therese auch retten. Mit Hilfe des Amtsweges. »Aber da hilft kein Pudern und kein Schminken, Amtsweg muß nach Qualen stinken«, zitierte er für uns.

An der Endstelle, während einer Teepause, hatte der alte Straßenbahnkapitän einen weisen Einfall: Ich sollte mich als Neffe des Bürgermeisters ausgeben...

Der Mann mit der Dienstmütze hinter dem runden Glasloch in der Pförtnerloge staunte. Er war wichtiger als das ganze Rathaus.

»Du bist der Neffe?«

Ich konnte nur steif nicken.

»Ich rufe hinauf«, lächelte er freundlich.

Ich wurde steifer. Aber wie ein richtiger Bürgermeisterneffe fauchte ich tapfer: »Wollen Sie mir die Überraschung stehlen?« Mir wurde heiß. Und mein: »Sie können mich begleiten«, erfreute den Dienstmützenträger.

Und schon nach der ersten Treppe hörte ich wie im Traum: »Ah, der Genosse Bürgermeister, da kommt er ja wie gerufen!«

Sprachlos verharrte der Meister vor uns.

»Sie können gehen!« sprach ich stocksteif in Richtung Dienstmütze.

»Bitte, bitte«, verbeugte sich die Uniform.

Verschwommen sah ich die Dienstmütze verschwinden. Die Haltung des Stadtoberhauptes lockerte sich nicht. Der Häuptling der Stadt sah aus, als hätte er gerade beobachtet, wie ein Hund Eier legt. Aber er sah nur mein blaues Halstuch und einen falschen Jungen Pionier. Ein Rädchen in der Zukunft des Staates.

»Ich komme als Abgeordneter und als Freund von Therese, wir wollen, daß Therese am Leben bleibt, Sie dürfen sie nicht umbringen.«

Der Genosse Häuptling hatte eine Kopfhaltung, die tausend Fragen verriet. Seine Geste war wie in Zeitlupe: Folge mir. Vorbei an tausend Türen bis zu einem feinen Teppich, welcher direkt bis zu einer hellbraunen Tür ausgelegt war, ging unser Schweigemarsch. Hinter der Tür ein Wunderland: Sessel aus Leder, ein dicker hellgrüner Teppich, der bis unter die Heizkörper verlegt war. Nichts Sparsames ringsum. Von den Telefonen nicht zu reden. Und die vielen Bücher. Und das übliche Bild an der Wand.

Dann hatte mich die Häuptlingsstimme am Wickel. Nicht unfreundlich. »Therese also«, hörte ich. Ich hatte ihn an der Angel. »Ich bin früher oft in ihr gesessen«, erinnerte er sich. »Noch lange vor der Nazizeit und dann fünfundvierzig, als ich aus Schweden wiederkam, war ich froh, daß Therese überlebt hat – die vielen Bomben.« Dies war ein entspannender Satz, das hörte ich heraus.

»Und jetzt wollen Sie sie abwracken!«

»Ja, das ist alles schon gebucht – die Planwirtschaft hat Therese ausgeplant, abgeplant, verbucht, und sie lebt nur noch, weil ein Genosse in der Verwertungsabteilung geschlafen hat.« Ich wünschte der ganzen Abteilung einen Dornröschenschlaf.

»Sie haben schon unseren Kinderspielplatz gesehen?«

»Ja, ich habe ihn eingeweiht, was soll das?«

»Na Therese!«

»Was Therese?«

»Therese dahin, das wär' doch 'ne Sache!« »Therese dahin – aber Du vergißt den Plan, den Plan.«

»Der Plan ist schwach, Genosse Bürgermeister, schwache Pläne gehören in Ihren Papierkorb.«

»Gut, ich werde Euch helfen!«

»Aber bitte sofort, vielleicht wird Therese schon morgen...«

»Gut, aber Ihr müßt Euch auch noch was einfallen lassen, Plakate und so, Du verstehst.«

Ich verstand.

Albert, er war nicht bei den Pionieren, aber sein Vater druckte Plakate und Schilder und Sprüche für den 1. Mai. Wir sammelten in Schulen, auf Sportplätzen, bei Polizisten und Gärtnern. Nach vier Tagen hatten wir einen ganzen Ranzen voll Hartgeld zusammen. Wir schütteten den Ranzen in der Werkstatt aus. Die Plakate wurden gedruckt. Über dem Bild von Therese stand: »Therese gehört auf den Spielplatz und nicht in die Schrottmühle.« Vier Plakate wurden an Thereses Bauch geklebt, mit bestem Leim. Die ganze Stadt konnte sie lesen. Ein Plakat pappte an der Rathaustür. Darüber das Leninbild.

In der Schule war Therese das Thema unseres Klassenaufsatzes. Leider konnten wir unseren Lehrer nicht beobachten während seiner Korrekturen. Aber der nächste Tag... Zuerst grüßte Karlchen nicht. Karlchen war das Respektmonstrum unserer Schule. Seine Donnerstimme und die Kriegsnarben in seinem Gesicht, dazu ein Glasauge, links, waren Ursache, daß wir ihn Karlchen nannten.

Karlchen ohne Gruß, aber mit dem Brüller: »Max!« Der bin ich. Und die Kameraden hielten ihr Versprechen: Wir standen alle auf und verließen das Klassenzimmer. Karlchen schaute sprachlos zu. Die dicke Rosel war wieder die letzte. Dann standen wir im großen Schulflur. Unser Autoritätskönig schnaubte in der leeren Klasse. Was nun? Alle sahen auf mich. Die dicke Rosel weinte. Ich öffnete die Klassentür, Karlchen setzte gerade wieder sein Glasauge ein. »Setzen«, hörten wir. Wir schlichen, erstaunt über unseren Mut, wieder auf die Holzbänke. »Eine tolle Leistung, was ihr da geschrieben habt«, hörten wir Karlchens Stimme – sanft. Sein Auge saß wieder.

In der Therese hatte Karlchen nämlich seine Frau kennengelernt. Vor dem Krieg. Karlchen wurde unser wichtigster Verbündeter. Er kannte Gott und den Kaiser von China. Und er kannte Therese. Karlchen handelte sofort.

Die letzte Fahrt unserer Therese zum Spielplatz wurde mit Blumen und Musik verschönt. Die Stadt spendete Bockwürste und einen ganzen schulfreien Tag.

Gestern hab' ich Therese besucht. Sie hat sich nicht verändert.

Sehr geehrter Herr Direktor,

hier der »Bericht« des P. K. (wie Ihnen bereits telefonisch avisiert):

Es schellt. Vor dem niedrigen Tor steht ein vornehm gekleideter Herr. Lächelt. Ich öffne und bitte den unbekannten und unerwarteten Besucher ins Haus.

»Es geht um die Heilkraft unserer Nahrung«, beginnt der freundliche Herr ohne Umschweife. Und beweist seine Behauptung mit farbigen Fotos und herrlichen Professorennamen. Alles gedruckt. Ich bin beeindruckt. Heftige Abwehr, ich spüre es sofort, meines Weibes. Schließlich muß diese mich schon mindestens sieben Jahre ertragen. Der Mensch hat meine Sympathien.

Noch mehr Abwehr der Hausherrin. Und er lächelt befreiter, spürt mein volles Verständnis. Sie wird immer fuchsiger und spielt ihr ärztliches Wissen aus. Der Mann, meines Wohlwollens sicher, bleibt unbeeindruckt über ihre leisen Stiche.

»Was kostet Ihre Gesundheitsbibel?« frage ich mutig. »Neunundsechzig, mein Herr.«

Und sie, dazwischen: »Ich bezahle es Dir nicht.«

Der Herr bemerkt Abhängigkeit und ist gespannt, wer sich durchsetzt. Ich krame tatsächlich die Summe bis auf drei Pfennig zusammen. Großzügig nimmt der Gutgekleidete den angeknappten Betrag an. Ich begleite ihn nach draußen. Er verabschiedet sich ruhig und freundlich. Und bedankt sich für mein Mitleid. Erstaunt und erschreckt frage ich ihn, wieso er Mitleid bei mir bemerkt habe. »Mein Lieber«, anwortet der Herr, »ich verkaufe schon fünfundzwanzig Jahre Bücher ...«

Etwas angeschwitzt, obwohl Winter, trabe ich zurück in ihr Haus.

»Gib mir die Schlüssel, ich fahre jetzt den Kram abholen«, höre ich ihre sehr beherrschte Stimme.

»Wir wollten zusammen fahren, ich bleibe in der Kiste sitzen, weil's wieder nie Parkplätze gibt, und Du erledigst Deinen Kram, wie vorhin abgesprochen«, wende ich zaghaft dagegen ein.

Nix geht mehr, sagt sie auf französisch. Und ich denke schon wieder an mein Ende. Wie so häufig in letzter Zeit. Und gehe mit ihr nach draußen. »Bleib stehen«, sage ich ihr, »und schau zu.«

»Was willst Du machen?« fragt sie.

»Na, ich setze mich in die Kiste, hole Schwung und donnere durch das Garagentor, mal sehen, wie weit ich komme.«

»Du Schwein willst mich erpressen«, antwortet sie heftig.

Das macht mich lahm, und ich gebe ihr den Schlüssel, damit sie alleine fahren kann. Sie will nicht mehr.

Bevor der Bücherherr schellte, war noch ehrlicher Sonnenschein im Hause. Ich muß an ihren Vater denken und an meine Mutter. Ihr Alter, ein grantiger Greis und sehr reich. Meine Alte, eine fröhliche Nudel und sehr arm. Und beschließe, der Fröhlichkeit wegen, nicht weiter an mein Ende zu denken. Oder doch?

Hier endet der Bericht. Wie telefonisch avisiert, hat der P. K. sein Ende zu Ende gedacht.

Wir können die Arbeitslosenhilfe streichen.

Hochachtungsvoll
F.D. Wunderlich, Leiter des Arbeitsamtes

P.S. Der Bericht wurde an mich persönlich geschickt. Der P. K. war nicht amtlich verheiratet und hat keine weiteren Nachrichten hinterlassen.

Die Kuhle

Die Zeiger am Vorkriegswecker ließen sich wegen der verlorengegangenen Stellschraube nie mehr der »Zeit anpassen«. Mir sollte es recht sein. Meine Einstellschraube war auch nicht mehr die beste... Ein Blick vom Fenster runter (5. Stock) auf die »Riesen-Straßen-Normaluhr« und die Rechnerei (Zeitumrechnung) marterte los.

Die amtlich blickende Straßenuhr zeigte beispielsweise 21 Uhr – der Vorkriegsregulator aber 1 Uhr: In der Früh um 7 Uhr mußte ich aus der Bettkiste (in der starb schon die Uroma); – also auf welche Zeit muß ich die noch funktionierende Weckstellschraube einstellen, damit dann in der Früh um sieben mein Frieden unterbrochen wird? Das soll sich gefälligst jeder selbst ausrechnen. Klar, schon damals (im zarten 18-Jahr-Alter) begann die bei mir schon so typische Verrechnerei...

Gravierend die Nacht – als ein Volkspolizist mich aufhielt. Die Funzel am Klapperfahrrad ging nicht. Nach der Ordnungsmachtunterbrechung zeigte meine Große Uhrfreundin schon Mitternachtsstimmung an.

»Doch schon so spät – na, der Grüne vorhin...«, dachte mein müdes Junggehirn, »...hat dich zu lange belehrt.«

Hoch in den 5. Stock getrabt und noch so spät die Rechnerei (die Vorkriegsmühle stand auf 4 Uhr).

Doch geweckt wurde mein Tiefschlaf von meiner verständnislosen (ein paar Freundinnen gegenüber) Wirtin. Heftig und wieder so kritisch wummerte sie an die Tür (und ich war doch wirklich allein). Sollte ich mich um Stunden verrechnet haben? War ich zu laut? (Nein, ich war ja allein.)

Jedenfalls, es kam raus, meine »Elektrische Freundin« war kraftlos – sicher durch Stromausfall – einfach stehengeblieben, irgendwann vorm Nachhausekommen.

Meine Kritikwirtin mußte ja ahnungslos sein – *dieses* Verhältnis mit einer »Elektrischen« kannte sie noch nicht (nur ein Verhältnis mit »der Dahergelaufenen«, mit »einer Unmöglichen« oder mit »der Rothaarigen« und – für sie besonders ärgerlich – mit »dieser Großen«).

Jesus, dachte mein heiß gewordener Schädel, ich muß also in Zukunft immer vor der Riesenuhr so lange stehen bleiben, bis sich der große Zeiger bewegt hat.

Daß dabei unsere Dreizentnermitbewohnerin, 70 – und trotzdem beweglich (mein Gott, die konnte auch nichts dafür, daß sie schon 70 Jahre vom Hunger verfolgt wurde – der Wind treibt ja große Berge zusammen, aber keine dicken Ärsche, heißt es in Polen) mit reingezogen wurde – in mein »Elektrisches Verhältnis« – war schon tragisch.

Kein Mann in der Gegend traute sich (seit einer Generation schon mindestens) mal einen Ausrutscher (spät nach Hause kommen usw. ...) – die »Fleischtonne« (aus einem Kinderreim, den ich hier nicht wiederholen darf) wußte alles, sah alles, hörte alles, tratschte alles – und das war das Schlimmste.

Freßgenuß saß fest in ihr, und der Genuß – »Daß die Kerle immer einen Bogen um mich machen« – war ihr königlicher Machtrausch über Männer...

Immer am Fenster, hatte sie die feinsten Ohren, und wenn am hellen Tage ein Fahrradreifen quietschte, sie hörte es zuerst – im 6. Stock, über meinem Zimmer.

Sie fiel einmal (ich hatte mich nämlich gewundert, daß sie so leicht und so gewaltig im Fenster von unten aus zu sehen war, die Fensterbänke waren doch ziemlich hoch) von der Fußbank, auf der sie stand.

»Die Rothaarige« fiel bald in Ohnmacht bei dem Wumms über unserem Bette. Und konnte sich gar nicht so schnell beruhigen.

»Wie eine Bombe«, war ihr atemloser Kurzsatz (den höre ich heute noch im Traum).

Nun – täglich baute ich mich auf, unten – vor der »Elektrischen«.

Und sah auf den großen Zeiger – und fühlte mich beobachtet von Dreizentneraugen.

Also nahm ich Haltung an vor der Elektrischen – wie ein Spitzensoldat vor einem Heerführer.

Als der große Zeiger ruckte, salutierte ich stramm, machte kehrt und marschierte im Stechschritt ins Haus. Und das jeden Tag, ungelernt – war ja nie »bei der Fahne« (in der Gegend wird der Militärdienst so genannt).

Und der Tratschberg aus dem 6. Stock erzitterte vor Neugier. Langsam wurde es ihm klar – ein Verrückter. Und das wußte bald jeder Mitbewohner in der Straße.

Mir sagten es die Verkäuferinnen im Konsum (der war im Erdgeschoß), kichernd, wie Mädchen halt manchmal so kichern.

Ich baute sie aus – diese Verrücktheit. Manchmal (nur spät in der Nacht) stand ich sogar Kopf, nach dem »Zeigerruck« hechtete ich elegant auf die Füße zurück, salutierte natürlich – selten pinkelte ich nachts, auch in strammer Haltung, neben die Uhr.

Ach – was fielen mir da noch für Faxen ein.

Nach Wochen also – einmal zerrte ich – wir spielten sooo echt – »die Große« auch mit vor die Uhr, das gutgewachsene Großkind »wehrte« sich heftig und so originell, daß der Fleischberg im 6. schon zur Hilfe eilen wollte. Und am nächsten Tag war ich sogar ein Vergewaltiger, Sittenstrolch usw. – Nach Wochen also hocke ich mit einem Freund, einem verrückten Spaßvogel, in der Straßenbahn. Die mit dem offenen Mitteleinstieg und den tiefen Stufen und dem tollen Fahrtwind im Sommer. Das gibt's ja heute nicht mehr.

Und an der Haltestelle »Karl-Marx-Platz« neigt sich der Wagen leicht zur Seite – und wer wuchtet sich rein? – Unsere Fleischtonne.

Und setzt sich sofort uns gegenüber. Und beginnt, die Lauscherchen auf unser Gespräch einzustellen.

Er: »Wie lange warst du in Bautzen?« (Bautzen, das Schreckenswort im Staate und auch wohl ein Schreckenszuchthaus, noch heute.)

»12 Jahre, das weißte doch, du Depp«, kam's aus meinem 18jährigen Altklugmaul so leise und ernst, daß unsere Dicke es noch hören mußte.

Und wir besprachen leise tuschelnd, so tuend, als wären wir allein und würden eine neue Verschwörung aushecken, unsere ganzen Verbrechen. Geilten uns auf an brutalen Wärtern »aus unserer Knastzeit« und dergleichen mehr. Und wurden natürlich belauscht.

Schon Stunden später wußte es die ganze Gegend; mit einem Mörder, einem Zuchthäusler in einem Haus – 20 Jahre, lebenslänglich, nein, nicht zumutbar. Die Dame lief also zum Amt und wollte mich raushaben aus dem ehrenwerten Haus oder eine neue Wohnung. Herrgott – sie wußte zwar, daß der Amtmann in unserer Straße wohnte – aber daß er ihr gegenüber rachsüchtige Gefühle hegte, ahnte sie nicht. (Er war von ihr mal vor dreißig Jahren beim Fremdgehen beobachtet worden, und die Dicke hatte dies prompt auch seiner Frau gesteckt...)

Er schlich sich also bis zu mir, ausnutzend – daß er diesmal nicht beobachtet wurde.

Und heckte dann mit mir einen bösen Plan aus...

Jedenfalls wurde der arme Fleischberg hart verurteilt, wegen übler Verleumdung, Nachrede, 54 Zeugen waren aufmarschiert (gemeldet hatten sich fast zweihundert) – ein Tratschberg brach zusammen.

Gefängnis, oder hohe Geldstrafe, ohne Bewährung.

Oh Gott, oh Gott.

Und ob das harte Urteil etwas geholfen hat, den Straßenfrieden zu erhalten... das konnte niemand mehr sagen. Und das war der Grund:

Seit 50 Jahren stellte unser dickes Klatschmaul ihre schweren Zinkeimer auf den Küchenbalkon – hinten raus, Balkon auf den Hinterhof. Gottfried, ihr magerer Mann, schleppte dann nach Feierabend die Eimer runter zum Müll.

Und wie das so ist – die Jahrhundertwendehäuser waren nicht so sehr mehr in Schuß. Brigaden rissen eines Tages aus guten Gründen die überflüssigen Hinterhausbalkone ab. Die Balkontüren wurden dick gesichert, mit starken Brettern. Jeder mußte Riesenbelehrungen unterschreiben und brav sein »Ja, Ja« sprechen zu der Aktion.

Doch die Zinkeimer...

Niemand wußte es – nur Gottfried kannte den Trick seiner Venus, sich auf den Balkon zu mogeln – seit 50 Jahren.

Den Abbruchleuten war es klar – durch dieses schmale Türchen paßt kein Dreizentnermensch.

Rückwärts, mit dem Mordsarsch zuerst, schlängelte sich aber das Aschenputtel mit den Zinkeimern und dem Ascheinhalt auf das Balkönchen. Und seit 50 Jahren schleppte also Gottfried die Asche in die Tonnen.

Es war samstags. Und ich hängte gerade meine Socken auf die Hofleine. Dann dieser Zinkeimerlärm, wie diese auf das Kopfsteinpflaster aufdonnerten. Vorher das Bretterkrachen.

Und als die Aschestaubwolke im engen Hinterhofe sich langsam verkrümelte...

Alle Fenster waren sowieso schon besetzt durch den Lärm.

Ich hatte ja nur das Donnern in den Ohren und fühlte – welch groteskes Fühlen, Weiches und Warmes über meinen nackten Füßen (es war Sommer und die Socken waren gewaschen).

Jedenfalls stellte man fest, daß unser ungeliebtes Klatschmaul sofort im Himmel war. Erstaunlich, daß wir alle immer noch alles zukken sahen an diesem Fleischberg.

Und eine halbe Stunde später zuckte es noch. Und die ahnungslosen Sargträger sahen nur eine ganz normale Frau vor sich liegen. Wir auch. – Der morsche Hof hatte (trotz Kopfsteine) den Berg verschluckt, zu sehen war nur ein zartes Persönchen. Eine Kuhle versteckte diskret die Dimensionen. Wir waren sprachlos (6. Stock, drei Zentner plus Fallgeschwindigkeit...).

Die ahnungslosen zwei Sarghandwerker (ist das auch ein Handwerk?) schafften es nicht und machten ganz erstaunte Gesichter. Bei solchen Situationen vergißt man doch Gesichter nicht.

Niemand wollte helfen. Ich hatte meine Füße immer noch unterm Fleisch.

Ein Arzt (der Notarzt), die zwei Leichenhandwerker und ich schafften es endlich.

Doch der normale Zinksarg war nicht aufnahmefähig.

In der Rückenlage. Wir wälzten dann alles seitlich rein. Seitenlage, die Idee kam vom Notarzt.

Die Kinder hatten eine Kuhle zum Spielen. Bei Regenwetter schwimmen Schiffchen auf dem Hinterhofozean. Manchmal schwappen Wellen drüber...

Noch heute.

Herr Paul verkündete durch die offenen Türen, er wolle seinen Fernseher in die Mülltonne kippen. Ich klappte sprachlos meine Augen auseinander, denn ich wollte gerade mein selbstgebackenes Brot in seiner Küche zersäbeln für ein lecker-einfaches Fernsehhäppchen. Mit Trüffel-Bedford-Leberwurst. Herrn Pauls Ankündigung erreichte meine Ohren ausgerechnet beim Naschen an der Bedford. Herrgott, dachte ich im ersten Moment, der hat ja noch gar nichts gekostet vom frischen Selbstgebackenen und von meiner Lieblingsbedford. Selbstverständlich schreckte mich die Sorge ins Paulsche Fernsehzimmer, die Bedford kullerte ins Abwaschbecken, und ich stolperte mit meinen zwei linken Füßen über eine volle Lieblingsweinflasche des Herrn Paul.

Endlich im Fernsehzimmer, fragte ich Herrn Paul, schlau wie ich bin: »Herr Paul, was hab ich schon wieder falsch gemacht?« Herr Paul begriff vollkommen mein Erscheinen und die kluge Frage. Auf Zehenspitzen wippend stand er vor dem Flimmerkasten.

»Heute mache ich dieser Kulturvernichtungsmaschine den Garaus«, sprach Herr Paul.

Wie so oft in der Nähe des Herrn Paul, begriff mein hoher IQ überhaupt nichts, und deshalb stierte ich mit eingezogenem Hals (sonst ist dieser gar nicht so kurz) im Wohnzimmerkreis herum, ob nicht vielleicht noch ein Gast sich in einer Sesselecke herumfläzt.

Dem müßte ich ja dann auch Bedford und Selbstgebackenes anbieten. Doch niemanden erspähten meine Blinzelaugen.

Erst dann leuchtete es auf in mir: Herr Paul würde nie einen lebenden Menschen totschlagen, dafür lege ich meine beiden Hände ins Feuer; schließlich kenne ich Herrn Paul schon achtzehn Jahre. Und würde ihm blind meine Lieblingsfrau anbieten, nein, anvertrauen. Ganz süße kleine Kinder und Herr Paul haben überhaupt keine erwachsenen Feinde, das hatte ich schon längst erkannt.

Und ich ließ alles sausen, wenn mir Herr Paul erlaubte, ihm seine Zeit zu klauen. Doch so wütend, auf Zehenspitzen stehend, habe ich Herrn Paul noch nie bestaunen dürfen. Sein langer Körper streckte sich nochmals ums Doppelte, der rechte Arm war schräg nach unten – Richtung Elektronikwunder – steif abgestreckt, die Augen hatte er so weit aufgesperrt, daß seine hohe Stirn, sonst glatt wie ein Kinderpopo, jetzt querstreifig geschrumpelt war und ihn nicht gerade noch hübscher machte.

Und Herr Paul war ja ein sehr angenehmes, hübsches Mannsbild. Vielleicht auch deshalb, weil immer grundlos fröhlich. Und er hat seinen Satz: »Zur Fröhlichkeit braucht man keinen Grund«, zwar selten ausgesprochen, ihn dafür aber gelebt.

Diese Fröhlichkeit erhellte auch sofort – sicher durch mein Herbeieilen ausgelöst – wieder den Raum. »Sie halten mir doch bitte alle Türen auf, nicht wahr«, blinzelte in alter Freundlichkeit Herr Paul mir entgegen.

»Aber Herr Paul, Sie kommen doch noch allein durch alle Türen – oder fühlen Sie sich nicht wohl?«

»Nein, nein, mein lieber Herr, ich will nur dieses Ding da«, hier wurde der Ton in seiner Stimme wieder verächtlich, »in den Müll kippen.«

Dieses – In-den-Müll-kippen – summte mir so stark in den Ohren wie die allwöchentliche Samstagsnachmittagssirene. »Herr Paul, sehen Sie doch, da wird gerade geliebt in einer heilen Welt, und Sie wollen dieses Fernsehbild wegkippen?« mußte ich einwenden.

Herr Paul wußte, daß ich nie sein Niveau erreichte, sah darüber aber immer taktvoll hinweg und hatte schon den schweren Holzkasten samt Inhalt zwischen seinen kräftigen Armen. Mir blieb nichts übrig, ich mußte auf dem Weg zu den Mülltonnen alle Türen aufreißen.

Fünf Stockwerke tiefer blieb Herr Paul samt dem schweren Bildungsniveauheber stehen und – schleppte das Trumm wieder die Treppe rauf.

Mir wurde leichter ums Herz – Gott sei Dank, er wird wieder vernünftig. Wortlos schnellte Herr Paul mit seinem schweren Entschluß die fünf Stockwerke des Altbau–Hinterhauses nach oben. Ich, erneut alle Türen aufhaltend, dachte an die unterbrochene Liebesszene und an meine Bedford und an ein kühles Helles, die vielen Treppen machten durstig.

»Nicht *die* Tür, jene machen Sie bitte auf.«

»Aber, Herr Paul, das ist Ihr Schlafzimmer.«

»Eben, eben.«

Neu verwirrt riß ich eilig besagte Tür auf.

»Das Fenster, machen Sie das Fenster auf«, hechelte, nun endlich ein wenig erschöpft, Herr Paul. »Aber stellen Sie doch erst das entsetzliche Ding ab, Herr Paul, die frische Luft wird Ihnen guttun, und dann legen Sie sich ins Bett und schauen sich die Liebesgeschichte an. Ich mache Ihnen inzwischen die Bedford aufs Brot.«

»Aber, mein Verehrtester, ich will doch diesen Kulturuntergangsapparat nur auf dem breiten Altbaufensterbrett abstellen. Dann gehen wir gemeinsam wieder nach unten, rollen eine der fahrbaren Riesenmülltonnen unters Schlafzimmerfenster und kippen dann das Ding genau von oben rein. Das begreifen Sie doch, oder?« schloß er mit Recht fragend.

Ausgerechnet bei dieser Szene mußte ich besonders dümmlich aus der Wäsche geschaut haben, denn Herr Paul fuhr gütig erklärend fort, und die Besorgnis um mich war deutlich zu spüren, das rührte mich schon und machte mich gewillt, weiter den schrecklichen Dingen zu lauschen: »Sie sollten sich nicht fürchten, der Arbeitsschutz ist gesichert, das Zinkrollmülldding wird genau unterm Fenster stehen, und kein vorübergehender Mensch wird beschädigt, außerdem ist es bald Mitternacht, der Hinterhof ist beleuchtet, niemand kommt und geht mehr, es ist kein Wochenende, und viele Werktätige schlafen schon und werden einen kleinen Bums gar nicht hören.«

Bleifüßig marschierte ich wieder mit Herrn Paul die Treppen hinab, half die gewaltige Mülltonne auf Quietschrädern mit unters Schlafzimmerfenster schieben, und trabte dann wie leicht angetrunken die fünf Treppen nach oben und sah mit eigenen Augen, wie Herr Paul die Kiste aus dem Fenster stemmte, um den Abstand zwischen Wand und Tonne zu überwinden, und dann dem absausenden Kulturvermittler froh nachblickte. Der Mülltonnenfernsehdonner zauberte ein gelöstes Mienenspiel in sein Gesicht.

»Das haben Sie gut gemacht«, meinte Herr Paul zu mir, denn ein anderer war nicht in der Nähe. »Und nun hüpfen wir«, er sagte es so, »wieder nach unten und räumen die Tonne auf.« Willig, wie eine Jungfrau nach der Probe, trabte ich mit, rollte das Quietschding wieder auf seinen Stammplatz und wunderte mich nun schon gar nicht über die vielen, hellerleuchteten anderen Schlafzimmerfenster. An diesen zeichneten sich ratlos-neugierig-verärgerte Köpfe ab.

Sorgfältig und diskret, rief Herr Paul nur ein freundliches »Gute Nacht« ganz allgemein in die Hinterhofrunde. Hinterhöfe haben manchmal Schalltrichterfunktion, dieser Hinterhof hatte eine einwandfreie Quadrofoniequalität.

Oben wieder angeschnauft, lobte Herr Paul den würzigen Duft meiner Bedford und verlangte heftig nach dieser.

»Ja mein Bester, wer den Kern essen will, muß die Nuß knacken, meinte schon meine Oma, und ich will auf den Kern stoßen«, erklärte, genüßlich meine Bedfordhäppchen kauend, Herr Paul.

»Herr Paul, die schwarzen Pünktchen sind die delikaten Trüffel in der Bedford, keine Kerne«, mußte ich ihm gütig und aufmerksam erklären.

»Nein, nein, mein Herr, ich meine diesen seelenlosen Fernsehkern, nicht Ihre köstliche Bedford und die Trüffel. Den Fernsehkern, den, der meinen Sohn, die Tochter und deren Mutter so wortlos macht, den, welcher mich zur Faulheit verdammt, dieser ewig dumm machende Kern, der allen so gut schmeckt wie mir Ihre Trüffelbedford«, kam's nun sehr akurat von Herrn Paul in meine schwerfälligen Lauscher.

»Mit anderen Worten, Herr Paul, Sie suchen des Pudels Kern«, war mein stolzer Einwand.

»Richtig«, lobte Herr Paul wohltuend, »da kommen wir der Sache schon bedeutend entgegen.«

»Herr Paul, sind Sie ganz sicher, daß ausgerechnet ich Ihnen dabei helfen kann?«

»Aber sicher, ganz sicher, Sie eignen sich besonders für hoffnungslose Fälle.«

Wie er nun das wieder meinte, wurde mir gar nicht so schnell bewußt. »Ich bin also ein hoffnungsloser Fall, Herr Paul«, mußte ich, etwas spitz, erwidert haben.

»Nein, mein Herr, nein, keinesfalls; Steine, die rollen, setzen nun mal kein Moos an, und Sie trudeln so oft in Probleme, seien Sie froh«, beruhigte mich Herr Paul.

»Aha, Sie halten mich nur für einen seelenlosen, rollenden Stein, der sich dauernd bewegt«, stellte ich gekränkt fest.

»Herrgott, nein, nein, Sie mit Ihren dauernden kleinen Verrichtungen, dem Bedfordbroteschmieren zum Beispiel, tun mir wohler, als mein großes Müßigsein«.

»So, Sie bezeichnen sich selbst, ein Müßiggänger zu sein?« erstaunte ich mich. Grammatikalisch war diese Bemerkung nicht richtig, das wußte ich, und Herr Paul kannte mich auch schon lange, und so verzieh er mir, daß ich in aufregenden Situationen – auch in anregenden oder erregenden – immer die ganze, brave, gute deutsche Grammatik versaue.

»Ja, der ewige Müßiggang nach Feierabend wird doch nur durch dieses Fernsehen herbeigezaubert, und ich halte es deshalb schon seit achtzehn Jahren mit Ihnen aus, weil Sie eben keinen Fernseher besitzen«, schmeichelte der Herr Paul jetzt.

»Ach sooo, daaas ist der einzige Grund«, knirschte ich zurück.

»Sie wissen doch, ich mein's nicht so. Greifen Sie zur Wunderbedford, und seien Sie nun mal jetzt nicht so überempfindlich«, lockte mich Herr Paul, wohl ahnend, daß ich der Bedford nicht widerstehen konnte.

»Herr Paul, Ihr Herr Sohn wird grün werden vor Ärger, die

Tochter blau, und deren Frau Mutter wird Ihnen dann wohl eine ernsthafte Lektion erteilen, und mir als Zeugen Ihrer Tat wird ein Hausverbot auf den Tisch flattern, schriftlich, wie ich Ihre Gattin kenne.«

»Beruhigen Sie sich, die Herrschaften werden schließlich von mir seit Jahren stumm ernährt, ich bin ein erfolgreicher Mensch. Und nun ist mir klar geworden – freiwillig arbeiten ist schlimmer als Sklaverei, verstehen Sie das?«

Da meine Dummheit offenherzig und ehrlich, der Verstand aber oft ein Schuft ist, zürnte ich nicht, weinte ich nicht, sondern versuchte wenigstens, zu begreifen.

»Mein Herr, ist Ihnen schon bekannt, daß dreiundfünfzig Prozent *aller* Leute ab sechzehn noch *nie* eine Buchhandlung betreten haben?«

»Herr Paul, von wem sprechen Sie?«

»Von unseren bundesdeutschen Mitmenschen natürlich«, war seine schon etwas mürrische Antwort.

»Aber ich bin doch oft in allen möglichen Buchhandlungen, Herr Paul«, war mein spontaner Einwand, der auch die dreiundfünfzig Prozent entlasten sollte.

»Ja, nicht nur die Bedford macht Sie erträglich, auch sind Sie derjenige von uns beiden, der oft ein paar Bücher verschlingt. Sie sehen selbst, diese Kiste«, er deutete in Richtung Hinterhofmülltonnen, »hat mich Ihnen vollkommen unterlegen gemacht.«

»Herr Paul«, wehrte ich bescheiden ab, »was Sie schon alles miterleben durften an den langen Fernsehabenden, da kann ich nur erblassen vor Neid.«

»Ich bin überfressen, glatt überfressen. Und so müde, daß ich gar nicht die Stimmen meiner Familie beschreiben kann, was sagen Sie dazu?«

»Ach, Herr Paul, Ihre Frau erregt mich schon seit vielen Jahren, und Sie wissen genau – nur weil es Ihre Frau ist, kann ich auch kaum ihre Stimme beschreiben«, meinte ich angeträumt dazu. Und betonte zusätzlich: »Ich kann vor Schüchternheit überhaupt kaum eine Frau beschreiben«.

Diese Behauptung schien ihm ganz neu zu sein. Sein Spott blieb nicht aus. »Mein Herr, noch nie habe ich bei Ihnen auch nur den kleinsten Versuch einer Beschreibung bemerkt – sind Sie eigentlich schon einmal gescheitert?« fragte er abrupt und schroff. »Selbstverständlich, selbstverständlich, bei mir machen's die kleinen täglichen Scheiterungen, die fast unbemerkten und die verkniffenen an jeder Ecke des Alltags. Schon morgens die Straßenbahn – ich muß schon immer einplanen, daß ich nicht fähig bin, mich im Gedränge einzuordnen, da bleibe ich stehen und schaffe einen Gedrängeversuch erst nach der fünften Bahn. Und das täglich. Was sagen Sie dazu, Herr Paul?«

»Mein Herr, ich als Ihr Herr Paul bin immer wieder ergriffen von Ihrer Kunst des Scheiterns. Sie scheitern seit achtzehn Jahren auf so eine angenehme Art, daß sogar meine Familie einen spannenden Fernsehabend ausläßt, wenn zufällig ein Gespräch über Sie entsteht. Neulich zum Beispiel, mein Herr Sohn und sein Fräulein Schwester stritten sich gerade über Programmwünsche, riefen Sie an und machten mir unseren jetzigen Bedford-Abend schmackhaft, erinnern Sie sich?«

So offen hatte Herr Paul noch nie mit mir geplaudert, und mir blieb ein Bedford-Bissen im Halse stecken. Ich hatte mich nämlich noch nie als eine gescheiterte Existenz betrachtet, ich bin vielleicht recht erfolglos, mein Beruf, ich zünde die letzten städtischen Gaslaternen an, läßt kaum beglückende Erfolgserlebnisse zu, aber von einer Kunst des Scheiterns hörte ich noch nie. Gut, man lächelt über meine Laternenberufung, doch dieses Amt untersteht direkt dem Oberbürgermeister, und meine korrekten Gaslichtorgien werden immer wieder in Presse und Fernsehen erwähnt. Ich selbst nehme an dem Medienkonsum nicht teil, doch der Herr Paul. Er, ein erfahrener Scheibenschauer, ein bedeutender Stadtkopf, ein erfolgreicher Geldmensch und ein einflußreicher Kulturbeeinflusser, hatte sich schon vor achtzehn Jahren um die Gunst eines beamteten Laternenanzünders beworben – und ich war so frei, seinen Einladungen zu diversen Familienfesten zu folgen. Und heute erst vernehme ich aus seinem berühmten Munde, daß nur die Nennung meines Namens Familiengespräche in Gang bringt. Welche Ehre. Neulich wurde sogar ein ganzer Fernsehabend nur wegen mir gestrichen. Nur, weil ich den Münzfernsprecher zu einem Gespräch mit Herrn Paul mißbrauchte. Welche Ehre.

»Aber Herr Paul, ich als schlecht verdienender Stadtbeamter störe Ihre wohlverdienten Heimkinoabende?« brachte ich ungläubig hervor.

»Meine Führungsposition erlaubt mir ganz extravagante Erlebnisse. Mein Vermögen hat mir gestattet, dieses herrliche Hinterhaus zu erwerben, und keiner der vielen Mieter ahnt, daß ich der Empfänger ihrer Gelder bin. Und die lieben Familienmitglieder neigen sehr zur Untertreibung und schwatzen nicht über den reichen Vater. Und der dreht jetzt den Fernsehhahn zu bis zum Ende seiner Tage.«

»Herr Paul, ich bin sprachlos: Das komplette, schöne alte Hinterhaus gehört Ihnen. Und das schauderhafte Vorderhaus nicht? Seit wann?« wollte ich wissen.

»Ja, und die Gaslaternen vorn auf der Straße gehören auch mir, und das erhöhte Weihnachtsgeld auf Ihrem Konto kommt auch von mir, wollen Sie noch mehr wissen, mein Herr?«

Mein erneuter Griff zur Bedford geriet ins Stocken, immer dümmer wurde mein Gesicht, und ich wußte gar nicht, was ich noch wissen wollte. »Jedenfalls scherzen Sie nicht, Herr Paul. Woher sollten Sie denn sonst von der mir schon seit Jahren unerklärlichen Weihnachtsüberraschung wissen, die mich zur Ehrgeizlosigkeit verdammt? Sie sind also schuld, daß ich beruflich nicht voran komme.«

»Ich bin schuld an was...?«fragte Herr Paul erschrocken. »Ihre Weihnachtsgüte hat mein Sechstausend-Mark-Beamtenjahresgehalt ums Dreifache gesteigert. Zuerst dachte ich, das wäre ein Versehen einer überarbeiteten Buchhalterin, später dann glaubte ich, der Irrtum sei vom Computer übernommen worden. Seit Jahren zittere ich, daß alles mal rauskommt und ich alles zurückzahlen muß, heimlich beobachte ich Anwälte, strenge mich nicht an um beruflich fortzukommen, bemühe mich nie beim Bürgermeister um Gehaltserhöhung, werde von allen als schrulliger Bedfordfresser bestaunt, und Sie sind sozusagen schuld an meinem sozialen Abstieg... Nie habe ich auch nur gewagt, einen Pfennig des alljährlich über mich hereinbrechenden Geldsegens anzurühren. Meine Bankmenschen verstummen sofort, wenn ich meine fünfhundert Märker allmonatlich abhole, und reißen mir dauernd irgendwelche Türen auf, und das alles nur, weil ich vor achtzehn Jahren denen gesagt habe, sie sollen mein Weihnachtsgeld immer auf einem Festkonto gutschreiben. Erst gestern erfuhr ich von meiner Bank, daß sich ein Computer verrechnet hat – aber nur bei den Zinsen. Man bat tausendfach um Entschuldigung. Und ich dürfe jederzeit selbst genau nachrechnen. Sie wissen selbst, Herr Paul, daß ich zu so etwas nicht fähig bin.«

Langsam dämmerte Herrn Paul, was er da angerichtet hatte mit einem korrekten städtischen, direkt dem Oberbürgermeister unterstellten Beamten.

Die aus der Oper zurückkehrende Familie verhinderte die Fortsetzung unserer Aussprache.

»Wir werden versuchen, die Folgen der Müllaktion mit Würde zu überstehen, ist das klar?« konnte Herr Paul gerade noch sagen.

»Puh, war die Oper anstrengend!« sprudelte die hereinstürmende Tochter des Herrn Paul und stürzte auf die Fernsehecke zu.

»Wo isser denn, wo isser denn?« hörten wir sie leicht dramatisch wimmern.

»Im Müll, im Müll«, äffte sie ihr Vater nach.

Die Frau Mama begriff im Augenblick noch gar nichts. Sie war noch mit ihrer vornehmen Hochfrisur beschäftigt. »Mach doch mal den Kasten an, Kindchen.«

»Der befindet sich im Müll, meint unser Herr Vater«, berichtete das gute Kind betont ungläubig.

»Was plapperst du da für ein Zeug? – Im Müll? Im Müll, so etwas habe ich mein Lebtag noch nicht gehört.«

»Die Herrschaften dürfen mich nach unten begleiten, ich zeige ihnen dann das genaue Grab unseres allseits geliebten Fernsehers«, ordnete der Herr Paul sehr freundlich an.

Vier Damenaugen sahen *mich* an. Nicht ein Blick für Herrn Paul.

»So ist es, verehrte Damen«, gab ich von mir.

Die Hausherrin suchte mit Argusaugen das vornehme Wohnzimmer nach verstecktem Alkohol ab, und ihre Ungläubigkeitsfassung nahm beträchtlich zu. Die Dame roch und sah nichts Verdächtiges, meine Bedford und ihr frischer Duft konnten den Ausbruch nicht verhindern.

Nein, von Ausbruch kann nicht die Rede sein.

Die hochintelligente Opernbesucherin herrschte die Kinder an: »Packt die Koffer, wir ziehen aus.«

Herr Paul päppelte sich aus dem Sessel, verabreichte seiner Holden eine fröhlich-schwungvolle Maulschelle, zauberte dazu ein paar weitere an die starren Gesichter seiner Kinder, alles sehr bedächtig, ruhig und freundlich, und plauderte dabei: »Der lieben fernsehgeilen Familie wird hier mit sorgfältigem Nachdruck mitgeteilt, daß ihr Herr Ernährer und der Herr Laternenanzünder in zwanzig Minuten auf unbestimmte Zeit verreisen, und sollte das niemand von euch begreifen, so wird das uns gar nicht leid tun, nicht wahr, mein Herr?« und beendete seine Maulschellenorgie.

Gestern begann unsere Weltreise. Mit einem ganz schlechten Gewissen. Nein, nicht der Familie gegenüber, den Millionen gegenüber, die es sich nun mal nicht leisten können, einen Fernseher in die Mülltonnen zu kippen.

Zuerst hat es ein Schriftsteller erfaßt: »Aber das ist ja eine autonome Domäne.«

Der Dichter Hans Joachim Schädlich meinte ein Anwesen – achtzig Kilometer südöstlich von München.

Ein Viereckhof mit wuchtigem Ost- und Westtor. Über dem Osttor, gleichzeitig Haupteingang, geschützt in einer Nische, findet man eine geschnitzte Madonna und die Jahreszahl 1699.

Kaum hat der Besucher des Jahres 1980 beides bestaunt, entdeckt er keine vierzig Meter hinter sich ein drittes, noch auffälligeres Rundbogentor: den Eingang zum Brau- und Kirchhof. Er spaziert durch den Rundbogen und sieht *die* Barockkirche des Chiemgaus. Unscheinbares, angewittertes Grau – die Außenfassade. Doch das Innere von einer Schönheit, unbeschreiblich. Dazu vorbildlich gepflegt. Hier konzertieren alljährlich berühmte Orchester und Solisten. Wieder daheim, schweigen sich die Künstler aus über diese Idylle. Vielleicht, damit nicht zuviel Neugierige angelockt werden?

Das schloßähnliche Klostergebäude neben der Kirche stand über ein Jahrzehnt zum Verkauf an – als Ruhesitz für einen bundesdeutschen Reichen wie geschaffen. Vor ein paar Monaten erwarb ein Architekt den überrenovierten Prachtbau.

Die anderen Gebäude rings um den Hof – Brauerei, Wirtshaus, Wohngebäude – sind wie aus einem Stück gegossen. Und der Herr über die kleine Familienbrauerei, den Gutshof und alle anderen denkmalgeschützten Raritäten wollte das historisch dazugehörende Klosterbauwerk »nicht geschenkt«.

Die komplette Baukunst aus dem Jahre 1699 erhebt sich, wie selbstverständlich, auch optisch eindrucksvoll, über das Land ringsum.

Als die Amerikaner im Mai '45 – es lag noch Schnee – die Umgebung des Gutes besetzten, *baten* sie freundlich um alle möglichen Dinge: Das Urdeutsch-Majestätische der »autonomen Domäne« nötigte ihnen tatsächlich Manieren ab. Kein Ami wagte es, sich in den behaglichen Gutshof einzuquartieren. Außerdem hißte der Vater des heutigen »Domänen-Inhabers« auf einer der beiden barocken Zwiebeln der weithin sichtbaren Kirche einen weißen Lappen.

Dieser Einfall eines Hauptmanns der Wehrmacht rettete vor Beschuß und Zerstörung. Die Ahnen des mutigen Hauptmanns, darunter Offiziere wie er, aber auch ein General, hielten seit Generationen Haus und Hof zusammen und mehrten den Reichtum an Grund und Boden. Vererbt wurde immer nur an einen einzigen Nachkommen. Der heutige Erbe, der »Kloster-Verächter«, ein Jahr vor dem zweiten Weltkrieg geboren, als viertes Kind, wird von seinen vier Brüdern und drei Schwestern als zurückhaltend, brav, schüchtern und umsichtig angesehen.

Kein Wunder, daß er das Kloster »nicht geschenkt« haben wollte und seine Häuser lieber an Fremde als an die eigenen Geschwister vermietet.

Neugierig beobachtete die Familie, wie er sein ererbtes Schlößchen nach eigenem Geschmack und dem Architekturverständnis seiner Frau ausbaute und radikal alte Zöpfe innerhalb der wetterfesten Gemäuer abschnitt. – Näheres kann man sich ersparen. Jedenfalls war der Herr Erblasser und ehemalige Hauptmann, ein eigensinniger Knatterkopp, doch liebenswert, für einige Zeit nicht zu bewegen, den Umbau zu inspizieren.

Unten, von der Bundesstraße 304, sieht man unmittelbar am Abhang des Berges obiges Schlößchen mit dem Pyramiden-Dach und den vier Runderkern thronen. Rechts, etwa siebzig Meter weiter, das langgestreckte Klostergebäude, daneben die Kirche mit den Zwillingstürmen. – Wer seiner Neugier folgt, fährt auf der Zufahrtsstraße nach oben, um dann entweder links durch das Rundbogentor in den Brau- und Kirchhof zu biegen oder nach rechts in den Gutshof, den zu betreten für die Öffentlichkeit eigentlich verboten ist. Auf dem Brauhof jedoch kann man parken. Hat man, von der ersten bis zur letzten Herrlichkeit alles abgelaufen und bestaunt, versteht man gut, warum die Amerikaner '45 sich dort oben so zivilisiert zeigten... Interessant wäre zu wissen, wie hätten sich die Russen verhalten?

Das sechste Kind der Guts- und Braufamilie ist die Gretel. Jünger als ihre beiden Schwestern und nicht minder hübsch. Nur etwas größer, blonder, »germanischer« gebaut. Gretel bescherte ihrer Familie auch das sechste Enkelkind – inzwischen steigerten die anderen Geschwister die Zahl auf elf.

Doch im Gegensatz zu den Brüdern und Schwestern rang die Gretel sich zu einer unehelichen Geburt durch.

Wenn man bedenkt, daß ihre Familie seit fast zweihundert Jahren einen abschließbaren Balkon mit Glasschiebefenster und Plüschsofa, extra weich gefedert, in der Barockkirche besitzt und benutzt, muß es schon eine besondere Sensation gewesen sein, als Gretels unehecher Sohn schwarzhäutig zur Welt kam – neunzehnhundertsiebenundsechzig – in Oberbayern.

Der Erzeuger, Gretels Studienfreund aus Trinidad, glänzte zwar noch in einem tieferen Schwarz, hatte aber natürlich, genau wie die junge Mutter, vorerst keinen Zutritt zu einem der vielen Räume des Gutshofes. – Erst mußte sich die Oma mit der Natürlichkeit eines völlig unerwarteten Ereignisses abfinden. Inzwischen ist das sechste Enkelkind der umschmuste Liebling und in seiner Umgebung ein fester Begriff.

Ich war unstet, leerig in Bauch und Kopf, und ich wunderte mich, daß ich noch ein paar Freunde hatte. Da begegnete mir Anfang der siebziger Jahre diese Gretel. Heute versuche ich zu rekonstruieren, wem ich dankbar sein darf für diese Begegnung. Ganz schlicht mir selbst: meiner Unfähigkeit, meiner Lust zum Risiko, meiner Freude am Helfen und am Anstacheln des Gewissens über die laschen Grenzpfähle zwischen Recht und Unrecht.

Oft falle ich von einer Unfähigkeit in die andere. Ja, aus Unfähigkeit bin ich ausgebrochen, »aus der sozialistischen Geborgenheit« eines eingemauerten Staates. Denn hätte ich bloß ein paar halbwichtige Fähigkeiten besessen, wäre mir eine »Karriere« im eingeigelten Land sicher gewesen. Ich war nicht mal fähig zu erkennen, daß meine sogenannten Stärken woanders lagen, als da, wo ich sie suchte.

Gut – ich hätte mich schon früher, noch im Igelstaat, metzgern lassen für Literatur von Kunze, Biermann, Piontek, Böll, Rühmkorf, Grass und vielen anderen. Aber dieser »Metzgertrick« wäre nichts weiter gewesen als ein unkontrollierter Wutausbruch.

Heut' würde ich – dank Gretel – sagen: Erledigt mich bitte zivilisierter.

Zumindest gewöhnte ich mir Wutausbrüche ab.

Gretel kam auf mich zu – offen, wuchtig, farbig. Wie ihre Gutshofkinderstube, von der ich nichts ahnte, es ihr nahegebracht hatte. Ich wunderte mich über die natürliche Ausgelassenheit dieser Frau. Ihren schmalen Kopf mit der deutlichen Nase und leicht nach innen fallenden Wangen unter sichtbaren Backenknochen schmückten grünbraune Augen und ungeschminkte Lippen, die weder wulstig waren noch an Kirschen erinnerten. Schon nach wenigen Sekunden kuschelte sie ihren Kopf an meinen Hals und knabberte sanft an meinem Ohrläppchen. Und dann erst küßten wir uns und tanzten ohne Taktgefühl inmitten anderer Paare, welche eingeladen worden waren zu der privaten Fete meines Freundes Martin.

Ich hatte zu dieser Privateinladung eine meiner Freundinnen, die mir damals liebste, mitgebracht. Uschi, ein braves Mädchen aus dem Schwäbischen, deren Vater, kreislaufmäßig nicht auf der Höhe, eher in eine Gärtnerei gepaßt hätte als nach Stammheim, wo er als sanfter Vollzugsbeamter seinen Dienst versah. Heute führt er, daheim im Häusle, 'ne Märchenehe und hat sein Weib nie enttäuscht. Seinen Wein auch nicht.

Uschi jedenfalls brachte ich nach Hause, vorher konnte ich der Gretel meinen Namen und die Adresse ins Ohr tuscheln. Doch von ihrer Seite erfuhr ich nichts. So hab' ich halt auf die Ohrläppchenknabberin warten müssen. Ohne große Hoffnungen. Und doch mit einer prickelnden Zuversicht unter der Haut.

Ich weiß noch, daß sie dann flott, fast stürmisch, die Treppen nahm, während ich auf den Türöffner drückte. Ich hatte nämlich den Summerknopf noch unter den Fingerspitzen, als sie mich atemlos erreichte.

Schneller als erwartet brach ich zusammen und schlief ihr wie ein Pferd unter den Armen weg. Jedenfalls war sie verschwunden, als ich rappelköppig erwachte.

Und ich war allein, ohne ihren Namen zu wissen. Doch nicht lange hielten mich Berufskram, Uschi und vielleicht ein paar andere Mädchen ab. Sobald als möglich fing ich an, eine ernsthafte Geschichte aus den sich wiederholenden Besuchen zu basteln. Außerdem – das Glück ist mir unheimlich und rätselhafter als der Tod. Glück macht mich hilflos und gar nicht euphorisch. Glück lähmt mich.

Als ich beispielsweise nach sieben Jahren – dank der Ostverträge – in den Mauerstaat einreisen konnte, mit Visum – schließlich hatte ich dort keinen silbernen Löffel geklaut – und korrekt mit dem Zug, saß ich nur auf dem notwendigsten Teil meines Sitzfleisches und wartete auf das Aufreißen der Abteiltür. Auch auf das Kommando: »Ihre Pässe bitte!« Und dann war ich sicher: Die Stimme, welche ich schon in den anderen Abteilen kommandieren gehört hatte, war mir ein Begriff, sozusagen.

Tatsächlich schiebt sich die Tür auf, und herein schaut der Oberleutnant L., der schon als Zehnjähriger Offizier werden wollte und deshalb in der Schule fleißig bei mir abschrieb.

Jetzt sammelte er die Pässe ein, den meinen zuletzt. Wie der plötzlich auf mein Bild stiert! Gleich danach macht er einen Witz: »Aha, diesen Strolch suchen wir schon lange.«

Meine sieben Mitreisenden im West-Abteil vereisen sofort.

Und als ich im gleichen Ton antworte: »Du Schlapperkopp bist noch tatsächlich so blöde wie früher«, da fallen meine lieben Mitreisenden fast in Ohnmacht. Endlich begrüßen wir uns herzlich, mit Umarmung und so, natürlich gegen die Dienstvorschriften. Nun freilich beginnt es bei den schlauen Westlern zu dämmern. Ein Dikker wischt sich den Schweiß vom Rundgesicht. Als einziges Abteil im Waggon wird unseres nicht kontrolliert. Der Füllige fummelte weiter an sich rum und gesteht mir später, er habe alles auf eine Karte gesetzt und kriminell geschmuggelt.

Heute weiß ich, daß Gretels Besuche ein unbewußtes Lesen zwischen den Zeilen bedeuteten. Auch für mich. Dieses Vertrautsein, ohne Näheres über den anderen erheischen zu wollen, war frei für die Einschüsse des Alltags.

Als schließlich auch die dümmste Ecke in meinem Gehirn begriffen hatte, daß die Gretel und ich längst entschlossen waren, gemeinsam das Trinidadkind aufzupäppeln, wußte ich tatsächlich noch nichts über ihren Beruf, ihr Herkommen und lauter solchen Kram. Na gut, so langsam pegelte sich das ein, doch ich kippte dabei von einer Überraschung in die andere. Dank ihrem Selbstverständnis weiß die heute nicht, was sie so nach und nach, wie gesagt, bei mir anrichtete.

Niemand soll denken, daß ich schon alle Geheimnisse ihres Wesens gelüftet habe. Beileibe nicht. Da kennt sie mich schon besser. Einerseits ist da, wir wissen es, das Schokoladenkind. Andererseits der Vater aus Trinidad, welcher mit einer großen Blonden aus Linz verheiratet ist und mit dieser Linzerin in Linz drei Kinder füttert, aber trotzdem eifersüchtig sein muß auf die Gretel. – Herrlich, die Vielweiberei in einigen Weltgegenden! –

Vor Jahren versuchte er mich einmal abzumurksen, während ich ahnungslos den Salzburger Hauptbahnhof bestaunte, mit seinen Blicken zumindest. Gretel lächelte verständnisvoll.

Gut, er kümmert sich seit Salzburg mit Recht nicht mehr um unser Kind – Geburtstag, Weihnachten und so – und hat sowieso noch nie einen Schilling zu zahlen brauchen, weil Gretels Großzügigkeit immer in die Totale der Lebensleinwand prallt. Jedenfalls ist er zu beneiden. Und ich nicht weniger.

Nebenbei: Österreichische Angestellten-Mediziner mit drei Kindern verdienen Hungerlöhne im Gegensatz zu den unsrigen, die pro Tag vier Mark mehr kassieren.

Und jetzt, neunzehnhundertachtzig, rangelt sich die Gegenwart immer stärker in materielle Exzesse hinein, man braucht nur die Zeitung mit genügend Haß zu lesen, da steht alles drin, und die Gretel schält sich heraus aus diesem Lebensernst und genießt ihren gelassenen Humor, trinkt aus Blechbechern und lächelt mir zu. Ich bewundere.

Und vor wenigen Tagen bewunderte ich Doris und Claus, die sich immer wieder, trotz bundesdeutschem Alltag und Fernsehen, mit wenigen Sätzen viel sagen können. Gut, manchmal zuviel, besonders wenn die Sätze zu kurz ausfallen und die Versöhnungsküsse zu lang. – Deutet Doris mir auch nur an, wie unmöglich ihr Claus sich gerade in den letzten fünf Stunden verhalten hat, könnte ich ihm, der seit dreißig Jahren mein Freund ist, beinahe die Schlinge um den Hals legen.

Aber wenn er mir die fünf Stunden schildert, wetze ich, speziell für Doris, mein Messer.

Außerdem habe ich eingesehen, daß ich den Claus nicht schon wieder der Doris ausspannen kann, um mit ihm für sechs Wochen nach Wolgograd zu reisen. Wo ich ihn doch erst neulich nach China luchste. Und das, um Gretels Vater (den Hauptmann) zu besänftigen: Der wollte doch wahrhaftig allein mit seinem Töchterchen diese strapaziöse Reise wagen. Dies schien mir zu happig für die beiden zu sein. Also bildeten Claus und ich den Troß im Hintergrund.

Wir rollten China vom Süden her auf. Frankfurt – Singapur – Hongkong und so weiter.

Zufällig mußten wir am Heiligen Abend ein klimatisiertes Zimmer im Sauna-Singapur beziehen. Claus stellte sofort mit deutschem Griff den Farbfernseher an (den er später in China täglich vermißte), und *weeer* flimmert uns da entgegen? – Inge Meysel und Co.

Später, in Hongkong, war Rummenigge am Ball. Zudem führten siebzehn Gymnasiallehrer aus Bayern unsere Reisegruppe an. Ich könnte ja einfach »Lehrer« sagen, aber das wäre sicher unschicklich... Eine einzige Hauptschullehrerin war mit von der Partie, als Gattin eines Gymnasialen. Diese feine Frau sagte es uns gleich auf den Kopf zu: »Also Lehrer sind Sie bestimmt nicht. Wieso sind Sie überhaupt hier dabei?«

Allerdings lassen sich siebzehn Lehrer besser begreifen als siebzehn Ärzte. Am liebsten wären mir siebzehn Schlosser gewesen.

Große Arzeneimittelfirmen schaffen es oft, eine größere Sippe bundesdeutscher Ärzte zusammenzutrommeln – Kurse etc. Nach Kursende gibts kalte Buffets. Wer das nur einmal im Leben sieht, wie eine Horde Mediziner aufs Fressen losrammelt, der schickt dem Hackethal ein Blitztelegramm: Sie haben recht – Vorsicht Arzt.

Chinesisches Gras, im Park von Kanton oder anderswo, zirpt unter nackten Füßen ähnlich angenehm wie das Gras des Englischen Gartens in München. Hier wie dort kann man ungestört das zweitausend Jahre alte chinesische Gedicht seinen Mitspaziergängern aufsagen:

> Ein Mädchen singt:
> Ich habe Brot gekauft
> Und Rosen geschenkt bekommen,
> Und ich bin glücklich,
> Beides zu besitzen.

Man kann auch still sein und versuchen, das Gras wachsen zu hören.

In China werden Gedichte und andere Verlautbarungen einfach mit Kreide an Wände gemalt. Bisweilen erscheint diese Kreideliteratur dann auch in Buchform. – Aus den Massenmedien bekommt kein Chinese Literatur serviert. Massenmedien in China machen Politik. Das gleiche System in Deutschland – und die Feuilleton-Chefs wären in Schwierigkeiten.

Simmel wäre in China der Gott des Lachens. Grass der Gott des Lachens und Weinens. Und Böll der Gott des Lachens, Weinens und des ewigen Lebens. Es ist nur – er ist es bereits, wie ein Sprecher der Pekinger Universität versicherte.

Ich kam mir blöde vor mit meinen deutschen Autoren im Koffer. Aber die Freude, die ich damit bei den Chinesen auslöste, beschämte mich.

Wer in die DDR fährt, kann gute Literatur noch und noch bei sich haben. Gerade während der Leipziger Messe. Man muß nur die Bücher *offen* rumliegen lassen im Auto. In China darf Literatur eingeführt werden, in die DDR allerdings nicht jede – aber versuchen sollte man's trotzdem.

Wenn es stimmt, daß die Engländer das Gesetz verehren und die Autorität mit Verachtung zurückweisen, die Franzosen hingegen die Autorität verehren und das Gesetz verachten, so ist es nur selbstverständlich, daß wir Deutschen Autorität und Gesetz erfunden haben. Aber unser Zifferblatt, die Literatur, zeigt, was uns die Stunde geschlagen hat. – Als Fußleistenmaus durfte ich neulich ein zwangloses Treffen deutscher Literaturköpfe belauschen. Ich mag Literaten. Sie sind nette Gauner, mit allen Lastern der Kinder, aber ohne deren Mut. Einige sind schon beherzt und tapfer, und alle sind schön.

Gott sei Dank – nichts während des Treffens von Autorität und Gesetz! Kein Berberhengst unter ihnen, auch der berühmte Kritiker verstreute die Federn des Adlers nicht überall hin. Er fällte keinen Baum, aus dem dann die anderen Kleinholz machen. War ein zarttrockener Literat anwesend? – Auch trocken ist das Meer noch lange kein Bruder einer Pfütze.

Ich bin jedenfalls erschauert über die leibhaftige Anwesenheit der Dichter und konnte nicht über mein Gehemmtsein springen. Auch ich durfte ein paar Sätze vorlesen, und mein unkontrolliertes Aufgeregtsein wurde unterstützt vom lieblichen Gelall einer überbesoffenen Poetin, welche mit Grandezza von ihren mitberühmten Kollegen geduldet und ertragen wurde. Der erlösende Schlaf packte die Dame fast zu spät. Denn das durch den Suff der Poetin fast erstickte Gespräch machte sich doch noch Luft, um über die vergangenen und zukünftigen Leiden der Literatur zu triumphieren. – Obwohl gegenwärtige Literatur noch immer klar über Gespräche triumphiert.

Die Dame, schwimmend im Alkohol, trumpfte immer wieder mit sehr hängender Zunge auf: Nur für sich selbst schreibe sie, und wir alle schrieben nur für uns selbst.

Ich jedenfalls schreibe nicht für mich selbst. Ich bin nicht besessen. Für mich selbst würde ich auch nicht eine Zeile schreiben. Und ich will »dem Haus, an dem alle bauen« (Borchert) einen Namen geben. Dabei versuche ich mich in der Freude ebenso zu mäßigen wie im zerrigen Schmerz. – Gretels Gleichmütigkeit möchte ich als Schreiber nicht erreichen, obwohl sie bei ihr von einer gesunden Seele zeugt.

Gleichmütig und ausgeglichen werkelt sie während ihrer Arbeitszeit, daheim aber hat sie Gelegenheit, Dampf abzulassen. Und an der DDR-Grenze, während einer Einreise, überrascht sie mich und die Kontrollorgane: – »Herrgott«, jammere ich los, »wann können wir endlich weiterfahren!«

»Da steht's doch«, antwortet sie ruhig.

»Wo?«

»Da, am Fenster des Kontrollhäuschens – WEITERFAHRT AUF HANDZEICHEN.«

Und so überblickt sie die Lage und werkelt wohl deshalb mit großem Geschick in ihrem Chiemgauer Krankenhaus. Nicht alle können Herren sein, jemand muß schließlich die Säcke tragen.

In Polen sagt man: Ich eine Dame, du eine Dame, und wer führt die Sau hinaus?

Ihre präzise Beobachtungsgabe setzt mich immer wieder in Erstaunen.

Wir waren eingeladen bei einem Zöllner und Dichter – für mich

Dichter, für den Staat Zöllner –. Er heißt Rupert Schützbach. Seine Gedichte sind ironisch kurz:

Ich bin ein Zöllner
Ich kenne
Meine Grenzen

oder

Zeitberichtigung
Sie folterten ihn
Nur fünf Minuten lang
Auch wenn es ihm vorkam
wie eine geschlagene Stunde

oder

Harmonische Ehe
Er lebt bedürfnislos
Sie ist auch
Mit nichts zufrieden

oder

Preissenkung
Seine Bücher wurden mit vielen
Preisen ausgezeichnet,
Zuletzt mit einem Schleuderpreis
Beim Antiquar

Schützbach hat mich mit seiner fast ängstlichen Zurückhaltung, seiner zarten Freundlichkeit beeindruckt. Und ich wollte ihm zu erkennen geben, daß ich ihn mag.

Nach schnell verstrichenen Stunden verabschiedeten wir uns herzlich.

Daheim knallte mir die Gretel einen derben Vorwurf an den Kopf. »Du warst arrogant, mein Lieber, sonst bist du eigentlich warmherziger und freundlicher.«

Mir war, als wäre ich wieder einmal mit der Stirn gegen den viel zu niedrigen Türrahmen im Kinderzimmer gedonnert.

Schlimm ist, daß auch ich oft meine: Mensch, das ist ein arroganter Hund. – Wen hab' ich gekränkt?

Ja, Gretel hatte präzise beobachtet. Ich bin dann ans Telefon und habe dem Schützbach klar und einfach meine Not geschildert. »Ihre Gretel täuscht sich«, sagte er. »Sie haben uns deutlich gezeigt, daß Sie uns mögen.«

Müssen wir mit zwei Wahrheiten leben? Manchmal gewiß. Jeder mit seiner Wahrheit? Dann ist Wahrheit nie trostlos. Sehe ich die Wahrheit im Licht der Sonne oder im Licht der Lampe?

Wahr ist, daß ein Furz, den du unter Wasser losläßt, an die Oberfläche kommt.

Wahr ist, daß mich der Vater meines Freundes Claus, unser Hausarzt, seit der Nachkriegszeit, 1960 im Stadtpark fand. Mit Herbstblättern beklebt das Gesicht.

Teufel Alkohol samt seinen Spießgesellen, meinen Klassenkameraden, »legten mich um«, ich fiel hin und blieb liegen, wo ich war. – Die Kerle hatten mich, als ich ahnungslos und ausgehungert vom Schwimmen kam, mit einem angenehm schmeckenden Pfefferminzlikör traktiert, noch dazu kostenlos. Immer von neuem setzten sie mir den herrlich Grünen vor die Nase. Idiotisch putzte ich ihn weg. Kippte das ölig-schmackhafte Zeug – heute würde ich eher sterben, als Pfefferminzlikör auch bloß anzurühren – mir in den leeren Bauch. Noch bevor ich dann die ersten grünen Männchen sehen konnte, rutschte ich unter den Tisch, und von da schleppten mich die braven Kameraden in den herbstlichen, mitternachtskühlen Park. Dort fand mich, zufällig, der Hausarzt. Er ordnete an, daß die Fahrer des Krankenwagens »die Alkoholleiche meiner Mutter anvertrauen sollten, nicht aber einer Ausnüchterungszelle im Volkspolizeikreisamt«. Was sonst üblich war.

Unwirsch weckten die geplagten Fahrer meine ahnungslose alte Dame. Zähneklappernd stand sie da und sah mich auf der Krankenbahre. »Unfall?« jammerte sie ohne Fassung. »Nein, nur besoffen.«

»Aber der Junge trinkt doch nie, das kann nicht mein Sohn sein.«

»Na, wer isses denn?« erkundigten sich etwas unfreundlich die Fahrer.

»Ja, ja, er isses ja, aber er kann's nicht sein.«

»Na, Donnerwetter, issers oder issers nicht?«

Jetzt war es eindeutig, trotz der vielen gelblichen Herbstblätter über meinen rosigen Wangen: Ich füllte die Bahre aus. Aber mit der Bahre gings nicht hinauf – die schmale Stiege verkraftete das nicht. Also in Decken wickeln und über das Treppchen hochschleifen. »Gottverdammt, kann denn Ihr Mann nicht mitanfassen. Diese Besoffenen werden doch immer schwerer.« Der zweite Mann meiner Mutter war gemeint. Doch den kannten sie nicht näher, weil sie keine Einheimischen waren. »Ja, was ist denn nun mit Ihrem Mann?«

»Es geht nicht«, antwortete Mutter und wurde immer hilfloser.

»Ja so was, warum geht das denn nicht?«

»Na ja, der liegt im Bett und ist auch besoffen.«

»Mein Gott, ist das 'ne Familie! Wieso sind denn ausgerechnet Sie nüchtern?«

Schließlich legten sie mich einfach in der Küche ab. Dort, quer auf dem Fußboden liegend, erwachte ich morgens. Wie gestorben.

Den Hausarzt sah ich fünfzehn Jahre später in Bayern wieder und konnte mich, verspätet, bedanken. Seinen Claus allerdings schon nach zehn Jahren. Mitten auf der Straße in München. Dann war der so aufgeladen mit erlesenen Tröpfchen von unserer Wiedersehensfeier, daß er am nächsten Morgen seinen Dienst bei einer ganz neuen Stelle nicht antreten konnte (Krankenhaus). Daß ich keinen Tropfen mehr schluckte, versteht sich von selbst. Ihm war's egal, er soff bis zum Unfall, und dann erlöste ihn ein gleichmäßiges Schnarchtönen.

Und das gleichmäßige Tönen der Zweieinhalbmeter-Standuhr, handgeschnitzt von Gretels Urgroßvater, einem General, schläfert sich mir zu oft unter die Augendeckel.

Die Mechanik in diesem Schnitzwunder hat ein hinterhältiger Uhrmacher eingebaut: Erstens hämmert sie bei halben und vollen Stunden wie ein Kraftprotz von einem Lehrling in der Pferdeschmiede, wenn er Huf und Eisen gleichzeitig anklopft.

Zweitens krächzen die Geräusche der Pendelschläge einem in die Ohren, so, als würde eine heiseralte Grille regelmäßig husten.

Da Gretels Bruder sein Schlößchen gewollt neumodisch eingerichtet hat, fanden wir eines Tages zufällig die Uhr und andere schwere handgeschnitzte Stücke ausgelagert auf den weitläufigen Speicherböden. Dick mit dem Staub des Vergessens abgeschirmt.

Ein einheimischer Uhrmachermeister hat das Wiederaufleben der Uhr-Oma besorgt, ohne Reparatur, nur durch Reinigung. Das Äußere der Uhr ist lieblicher als ihr Ton. Wie bei uns Menschen. Wir stellten also das halb- und ganzstündige Geklopfe des sich so abmühenden Schmiedelehrlings ab. Nur die Grille hustet noch angenehm regelmäßig. Daran gewöhnt man sich, und wenn Besucher erstaunt sich in den Ohren bohren, klären wir sie entschuldigend auf. Auch darüber, daß wir die teuer aussehenden Möbel nicht hätten kaufen können. Und neulich war so ein Lebensversicherungsmensch da und behauptete tatsächlich, es wäre eine Schande, für hunderttausend Mark Möbel rumstehen zu haben und eine Versicherung abzulehnen, die nur ein paar Hunderter kosten würde. »Darin lasse ich mich nicht für dumm verkaufen, ich komme nämlich aus der Möbelbranche und kenne mich in den Preisen für antike Sachen genau aus!« Oh, wir hatten Mühe, ihm zu beweisen, daß...

Außerdem wußten wir nicht, was wir angerichtet hatten, als wir das verstaubte Zeug herbeischleppten. Uns gefiel das alte Gerümpel. Und daß bundesdeutsche Wohlstandsaugen es gleich taxieren müssen, na bitte! Wir sind froh, daß uns alte, verschachtelte Häuser mit vielen Türen und fetten Mauern mehr zu sagen haben als diese Glas- und Betonwunder.

Und hätte die Gretel im Schlößchen wohnen müssen, wäre alles geblieben wie es war. Nur über Heizung und das Abdichten der Fenster – alte Bleikristall-Butzenscheiben – hätte man reden können. Aber nun hat der zu entscheiden, welcher drinnen wohnen muß. Ich kann nur Situationen und Begebenheiten, Fiktionen und Wünsche beschreiben, in denen ich »wohnen« und mich wohlfühlen könnte. Und ich dränge niemanden, wie ich zu empfinden. Aber ich wünsche mir, daß mein Leser ähnlich wie ich fühlt. Und auch ein bißchen mit mir leidet, wenn mich das Beschriebene leidend macht.

Da ist zum Beispiel der Herr Fränklin. Herr Fränklin lebt nicht nur für mich als Vorbild. Ich kenne keine einzige private Regung seines Lebens seit 1959. Ich durfte ihn auch nur ein einziges Stündchen leibhaftig bewundern. – 1963.

Daß ich manchmal Persönlichkeiten, die sich mit literarischen Wundertaten ihre Namen gemacht haben, verehre, ist eigentlich fast Untertanengeist. Aber ich kann nicht anders, weil die Verehrung von so viel Wissen und Können mich dumpf macht wie einen kleinen Faschisten, dem einst der Führer übers Haar strich und ihm große Dinge verhieß.

Oh, ich habe mich damals nie dem Herrn Fränklin vorgestellt, lieber still sein. Ein Held bin ich nicht. Eher ein Narr, der sich hinstellte und Herrn Fränklin, der leider abwesend war, schützen wollte vor Verunglimpfungen einer hysterischen DDR-Elite.

Ich hatte ein Mikrophon, 'ne wertvolle Waffe, und konnte mit heftiger Phonbrutalität endlich Betroffenheit und Stille in die sozialistischen Schlauköpfe brüllen. – 1963. Und acht Stunden vorher wollte ich einen Menschen ermorden. Jeder ist fähig zu einem Mord (dümmliche Binsenwahrheit). Doch einmal mit dieser Fähigkeit konfrontiert und dann doch abgesprungen, wird man nie wieder fähig zu morden. Behaupte ich. Nicht mal in Notwehr.

Mein Beinah-Opfer war ein Verhörspezialist, der mich nur stummer machte mit seinen pikanten Methoden, mir ein paar Sätze nach seinem Geschmack abzuringen. Drei Jahre zurück.

Gut, mit den Narben, welche er in meinen Pelz einbrannte, 1960, prägte sich auch sein Gesicht in mein Gehirn. Für immer. Und drei Jahre *nach* der Brennerei sah ich den Herrn, frisch eingeölt und mit frechbunter Badehose, vor meiner Nase ins Meerwasser prusten.

Hoffentlich schwimmst du weit hinaus, betete ich. Diesmal hatte der Liebe Gott keinen Hörschaden, und der »DDR-Professor-für-Verhöre« schwamm und schwamm in Richtung Horizont.

Natürlich, als Rettungsschwimmer vom Dienst bin ich ihm nach. Mit der Absicht, einen »Ertrunkenen« ans Ufer zu schleppen...

Weit draußen tippte ich ihn an, grüßte und stellte fest, daß er mit meinem Gesicht nichts anfangen konnte. – Auch für ein Verhörgenie wird Arbeit bald zur Routine. Kurzer Abschied, ich drehte weg und tauchte nach unten. Als er mich schon (wieder) vergessen hatte, zog ich an seinen Beinen den Restkörper in die Tiefe. Im klaren Unterwasserlicht war das Entsetzen in seinem Gesicht so groß, daß Mitleid meine Mordlust besiegte. Bewußtlos und leichter deshalb, machte er mir keine Schwierigkeiten, seinen Beamtenkörper ans Ufer zu bugsieren – die schriftliche Belobigung nach drei Wochen hat er nicht verhindert. Vielleicht hat *Neptun* dran gedreht...

Acht Stunden später, wie gesagt, die Mikrophoneinlage. Ob Herr Fränklin je davon hörte, das kann ich nicht wissen. Herr Fränklin wird sich natürlich nicht mit mir Kleinfisch abgeben, obwohl er vielleicht von mir gehört hat. Fränklin hat Geschichte gemacht und Bewunderung durch Eintagsfliegen nicht nötig. Der Humanist muß große, klare Bilder vor sich sehen und nicht kleine Leute, die übereifrig Mikrophone an sich reißen. Er hat zusätzliche Mühe, das weiß ich, sich seinesgleichen zu erwehren. So bleibt, schön elitär, alles unter sich. Jeder von ihnen hält Schnüre in der Hand, an welchen die Puppen tanzen.

Mein Fleisch wehrt sich gegen Stricke. Doch manchmal beneide ich Menschen an Schnüren: Sie fühlen immer, wo es langgeht. Unfreiheit kann ganz leicht zu zufriedener Sattheit führen. Die Gelenkten wissen sich geborgen. Großmütig lassen sie ein paar Happen von ihren Tellern fallen.

Unabhängige atmen auch unter uns. Das werden nie Schreiber, Schauspieler oder Künstler sein. Chefärzte vielleicht. Nimbus macht unabhängig. Eine Schwester Gretels ist verheiratet mit einem Nimbusträger. Bei denen kann man sich hinhocken und brummwohlig die Haxen wegstrecken. Familie also. Man fährt vorbei, belanglos, holt nur etwas ab, 'ne Vase oder ein Paar vergessene Pantoffeln.

Der zufällig uns begleitende Freund R. S., ein ungezwungener Schauspieler, schlurft gedankenlos mit hinein ins vornehme, ehrenwerte Heim. Lümmelt sich gemütlich in die Lederecke. Sieht vor sich eine exzellente Flasche Niersteiner Pettental, 1936, – nein, nur ihren Restinhalt – und bestaunt als Kenner die Marke. Ungeniert bittet er um ein Gläschen.

Und noch immer fühlt er nicht, daß er in ein vornehmes Anwesen gelatscht ist und nicht in eine Hundehütte. Er übersieht den Vierzigtausendmarkflügel, das Cello, die Geigen – überhaupt, er registriert das ausgesucht Elegante der Umgebung nicht, – er verlangt bloß ungeniert und gottverdammt, den Rest aus der Flasche schlürfen zu dürfen.

So viel Ungeschick ist zu stark für die Chefarztgattin. Sie nimmt, nein, reißt die Flasche aus den Künstlerhänden – allerdings, als feine und taktvolle Frau nur mit Blicken – und, vor Empörung bebend, entzieht sie sich uns. Der Feingeist R. S. bekommt nichts und lächelt ungerührt über Gretels und meine roten Ohren. Ohne Kommentar verlassen wir das edle Haus, werden aber unsere Rotohren nicht los. Immerhin ist es eine Schwester Gretels, die den Weinkenner S. in seine Standesschranken gewiesen hatte.

Zur Beruhigung: Wären wir bei der Frau eines Schlossers oder Bäckers eingekehrt, die hätte dem Schauspieler ganz gewiß eine randvolle Flasche geöffnet und serviert. Wenn auch keine so exzellente.

Die bundesdeutsche Gegenwart erschöpft sich nicht in Weintrinkern mit charakterbildendem Geldbeutel. Und dem Herrn Fränklin verdanke ich nur Angenehmes. Vielleicht, weil er mit einem einzigen treffenden Satz, dem man die Eile anmerkte, mit der er hingeschrieben wurde, mir seine Sorgen anvertraute. Neulich. Und als ich ohne Eile diese Sorgen ausräumte wie ein Pferd den Haferkasten, wartete ich auf einen zweiten, eilig geschriebenen Satz. Bis heute. Und das ist gar nicht unangenehm. Es ist inspirierend.

Größere Sorgen lähmen. Da denke ich an den Einmarsch der Russen in Prag. Wild sind die nicht einmarschiert. Wild, mit Recht, reagierten die Tschechen.

Und die zu Hause gebliebenen Herren der deutschen Mit-Einmarschierer veranstalteten zwei Tage später in einem Riesensaal der DDR-Stadt L. ’ne Beifallskundgebung.

Ich mußte dabei sein, denn sie fiel in die Arbeitszeit. Leider erreichte ich die Feierlichkeit verspätet. Und fand nur einen Platz in der ersten Reihe. Direkt vor den Augen des sprühenden Redners. Ähnlich wie weiland der Kleine mit dem Klumpfuß, singsangte der

Herr zum Abschluß seiner Tiraden, nur mit anderem Text: »Wir wollen einstimmig unsere Hand erheben und begrüßen, daß unsere nationale Volksarmee den Frieden in der CSSR schützt.«

Natürlich, wie im Sportpalast nach dem Klumpfuß-Appell – »Wollt Ihr den totalen Krieg« – sausten auch in dem Saal die Arme nach oben. Einstimmig. Nur ich kämpfte mit einer Lähmung in den Schultern. Vorsichtshalber, da ich im Blickfeld des Patrioten saß, fragte dieser: »Gegenprobe?«

Da erholte sich die Lähmung, und dummerweise streckte ich beide Arme in den Himmel. Wie bei einer Verhaftung. »Da müssen wir den Kollegen fragen, warum er sich nicht der Gemeinschaft anschließen kann«, hörte ich noch, weil es im Riesensaal angstruhig geworden war.

Flachatmend erhob ich mich, tappte die paar Schritte zum Mikrophon und erklärte schlicht: »Weil ich dumm bin und geistig dieser versammelten Republikelite nicht folgen kann. Dumme Menschen gehören hier nicht her. Ich werde den Saal verlassen.«

Das kam fehlerfrei, obwohl ich mich fühlte wie besoffen. Jedenfalls blieb es still im Saal, bis ich die Tür hinter mir zuklappte.

Die sorgenvollen Tage danach machten mich schon ganz schön hektisch. Aber umsonst. Der Vorfall wurde totgeschwiegen. Und da ich kein Held bin, freute mich das. Eine Verhaftung wäre kein Erfolgserlebnis gewesen. – Helden verbuchen die meisten Erfolgserlebnisse.

Die ersten Tage im Gutshaus der »Domäne«, nein, die ersten Nächte schlief ich in einem Zimmer mit Morgensonne. Sie und nicht die Gretel stachelte mir den Schlaf aus dem Kopf. Erwachen und in grelles Licht schauen ist gar nicht romantisch und läßt mich an den Staatssicherheitsdienst denken. Und durchs offene Fenster hörte ich eine Herde Vögel lärmen wie einen Böllerschützenverein. Geschlossene Fenster machen mir Angst wie ein offenes Haifischmaul.

Sonne, Sonne, Vögel, Vögel – wie Granaten. Also verdrücke ich mich ins Gretelbett, Zimmer zum Innenhof. Keine Morgensonne, keine Vögel, aber, später, Traktoren, im Sommer. Die wummern in dem Viereck-Innenhof wie Stalinorgeln.

Jetzt, endlich, »hausen« wir direkt über der kleinen Familienbrauerei. Nur sanfter Biergeruch in der Früh'. Und die gewaltigen Glocken in den Zwiebeltürmen, keine vierzig Meter weit. Jeden – jeden – Morgen. Punkt sechs. Gott sei Dank, uns hat's nur die ersten Morgen aus dem Bette gedröhnt. Gelegentlich versuchen wir, uns zu erinnern – wieder mal Glocken gehört?

Die Küche liegt direkt neben dem Schlafzimmer. Sehr günstig. Gretel muß sich um nichts kümmern. – Während sie sich stundenlang im Bad herumtreibt, so kommt es mir wenigstens vor, koche ich jeden Morgen Tee im Geheimverfahren, richte ihr die Brote her, komplett, in Happen geschnitten, den Tee schon in vier Tassen verteilt, wegen der Abkühlerei, endlich bemüht sich die Dame zu Tisch, mokiert sich darüber, daß sie immer so kräftig zulangen muß, weil ich sonst sauer bin, erhebt sich, täschelt ihren Bauch, mokiert sich wieder, inzwischen stelle ich ihr die Schuhe hin, korrekt geputzt von mir, sie schlüpft hinein und dann gleich hinaus, immer im Sturztempo die Treppe hinab. Genervt von meinen Mahnungen, vorsichtig den Verkehr auf der Straße zu beachten.

Vor unserer Haustür ein Glatteisberg. Davor warne ich auch – manchmal kommt sie trotzdem zurück, soeben gewarnt, aber blutend die Knie, und wieder ein Auto mit Totalschaden.

Neuerdings, bei Glatteis, schliddre ich voraus, den Berg hinab, damit ihr die Warnungen erspart bleiben, sie aber wenigstens visuell eine Gefahr erkennt. Das ging bisher glatt.

Das mach' ich aber erst, nachdem sie unten, am Bergende, eine Hausecke, eine einbetonierte Doppelmüllanlage mit Verkehrsspiegel und Zierbüschen abgerissen hat. Das Auto auf meinen Namen zugelassen. Wie immer. Meine Versicherung verlangt schon 120%. Ihre Konditionen, Gott sei Dank, liegen noch bei 40%, mit Sondertarif »Öffentlicher Dienst«.

Sie fährt sorglos, nie verkrampft, und das Glück ist auf ihrer Seite.

Bin ich auch mal drinnen im Auto, werde ich sofort müde, spreche kein Wort und schlafe ein. Manchmal, wenn mein lockerer Schlafkopf irgendwo anrumpelt, blinzle ich kurz, bemerke, daß sie schon wieder in die seit Jahren bekannte und gemeine Kurve hineinsaust, und der Karren liegt schräg, und die Fliehkraft ringt ihr ein freudiges, langgezogenes »Ooooo« ab. Dann nickre ich weiter. Das ist nicht fabuliert.

Dafür besteigt sie gerne die Berge. Ich ziehe den Lift vor. Das ist ihr nicht recht. Ich deute auf mein Herz und betone, daß mein Jugendrheuma das Herz beansprucht hat – also muß ich Lift fahren und kurz treten.

Gleich besorgt sie mir eine Herzuntersuchung. Im Deutschen Herzzentrum. Einen ganzen Tag sondieren mich Ärzte und Apparate. Mit allen Raffinessen. Später bringt der Briefträger den Befund. Ich bin topgesund. Mein Herz ist 100% belastbar. Sie triumphiert keineswegs heimlich. Zerknirscht meide ich daraufhin die Lifte. Und ärgerlich wähle ich ein zügiges Aufstiegstempo. Endlich kann sie nicht mithalten. Jetzt triumphiere ich, warte gnädig. Kommt sie nach, sage ich bloß: »Na, wo bleibst Du denn?«

Aber mit dem kleinen Flitzer, unserem Trinidadkind, kann ich doch nicht mithalten, schließlich ist er einer der besten Sportler der Schule, und ich bin ein älterer Herr. Gekränkt fahre ich wieder Lift. Oder warte in der Sonne, bis die beiden mich auf dem Rückweg wecken.

Beim Langlauf, im Winter, stets die gleiche Rollenverteilung. Aber einmal wollte der verflixte Knabe abhauen, weil die Nachmittagsvorstellung im Kino ihm wichtiger war. Er vornweg, ich zäh hinterher. Das war ihm komisch, die Kinovorstellung hat ihm gar nicht mehr gefallen. Daß ich nach dieser vier Kilometer-Jagd wie besoffen war, hab' ich mir nicht anmerken lassen.

Dafür ist Gretels andere Schwester – also nicht die, welche dem lässigen Schauspieler und seinem schlechten Benehmen den Rücken wandte – mit einem Sportsbollwerk verheiratet. Der zischt im Winter zwischen Eisschollen, auf einem Brett mit Segel, übers Chiemseewasser. Selbstverständlich muß der Wind sehr heftig, gar stürmisch ihn vorwärtsblasen. Sonst wär' ihm die Langeweile unerträglich. Und so, als Gestählter, bringt er selbsterfundene Ironie, welche ihm von der Hauptschule und seinem seriösen Lehrerdasein beschert wird, verklemmt-schüchtern und doch selbstsicher an den Mann.

Vor allen gegen die »Preißn« wetzt er seinen bayerischen Dialekt und will »nix vom neimodschen Zeigl« wissen oder gar lesen.

»Wos host veröffentlicht – 'ne Anzeig' über Deine Rostlaubn«, sagte er neulich zu mir. (Rostlaubn = Auto).

Obwohl ich ihm für seinen Deutschunterricht eine Erzählung von mir, welche in einer Zeitung erschienen war, empfohlen hatte.

Und er windet sich – wenn's schon sein muß – durch Gretels Familien-Clan und läßt niemanden an sich ran. Höchstens Hiebe gegen die »Preißn« fallen ab. Aber seine eigene Familie hat er herrisch in Schuß. Sein rotblonder Trachtenbart, auf »bayerisch« gestutzt und von einem berühmten Wilddieb abgeschaut, rahmt ein freundliches Gesicht, aber sein Gesamt-Gesicht deutet eine eigenartige Unnahbarkeit an.

Jedenfalls könnte man mit einem rotblonden Büffel – ich habe in Bayern einige bestaunt – der gelangweilt wiederkäut im Schatten einer Chiemsee-Trauerweide, eher eine Unterhaltung anzetteln als mit dem originellen Schwager. Allerdings: – Mit dem Büffel bitte über Gott, Literatur, Strauß und die Welt reden – aus dem anderen Rotblonden erfährt man nur Abfuhr, bösen Witz und kraftstrotzenden

Gang. – Erst dachte ich – als Preiß –, daß nur ich Opfer seiner unnatürlichen Unnahbarkeit bin. Gretel klärte mich auf, daß auch Bayern aus ihrer Familie keine Chance hätten, eine natürlich-freundliche Geste zu sehen – was ich allerdings erst heute begriffen habe, ist: aus ihrer Familie. Der Rotblonde wird mir nämlich immer sympathischer, von Jahr zu Jahr… Ich bereue, daß ich nicht so sein kann.

Aber die Gretel mault über den Schwager und wundert sich, daß ich versuche, mir mehr Verständnis für den Rotblonden einzuhämmern. Sie mault deshalb, weil sie kühl und sachlich feststellt, daß eine ungeheure Autorität von ihm auf dessen Frau und Kinder drückt. Und das ist der Gretel gar nicht recht. Unser schwarzer Flitzer nämlich »soll völlig selbständig entscheiden«. Und der ist dann sehr entscheidungsfreudig. Was mich ab und an sprachlos macht…

Gretels ältester Bruder, ein Feingeist, der sich völlig aus der Familie raushält, wie wunderbar, betont öfter, daß er schon mal in die Küche des rotblonden Hausherrn vorgestoßen ist. Fürs Wohnzimmer hat's nicht gereicht, weil der Hausherr das nicht mag. – Die restlichen sieben Geschwister brachten's auch nicht weiter. Aber das finde ich originell. Und ein Gerücht behauptet, daß Gretels Mutter ein einziges Mal in zwölf Jahren in die Gute Stube vorgedrungen ist. (Der Hausherr hatte Unterricht in der Zeit.) Der Vater wird wohl das Haus auf Anhieb gar nicht finden. Aber immerhin wohnt der komplette Clan mindestens 3 – in Worten »drei« – Kilometer auseinander.

Mein Wunsch: Mit dem Schauspieler R. S. in der Guten Stube des sportlichen Hausherrn einen Kopfstand machen.

Jedenfalls kann ich mir keinen besseren Lehrer an einer *bayerischen* Volksschule denken.

Und seit Jahren nehmen wir uns vor, mal ganz zwanglos, wie zufällig, die Lehrersfamilie zu besuchen und dann ins Wohnzimmer hinein… Und den Dichter Schädlich dabeihaben, und den Dichter Piontek. Die würden mit ihrer ruhig-zarten Art sagen: »Aber das glauben wir nicht.« Die beiden würden die fünf Brüder der Gretel bestaunen, und alle zusammen könnten wir verhindern, daß die Gretel ihre Schwester anstachelt, »den Büffel doch zu deschlogn«. »Deschlogn« könnte man in »erschlagen« übersetzen, was aber nicht dasselbe ist in Bayern.

Und vielleicht meinen nur wir, daß die brave Schwester ein Untertan ihres Chiemseeflitzers ist. – Vielmehr wird es so sein, daß die Schwester behauptet, den besten Sports-Mann auf der Welt zu verwöhnen. Schließlich schreiben wir 1980. Und wer blickt da durch? Und dann in Bayern?

Außerdem schleicht man täglich von einem Unrecht, das der Nachbar uns verdankt, zum nächsten.

Ich bin auch so ein Schleicher. Hab' ich doch neulich, kurz nach Mitternacht, in einer de-de-er-toten Seitenstraße neben dem berühmten Leipziger Ring-Café zwei Volkspolizisten derbes Unrecht angetan: Fahre ich da ran an den Bürgersteig, vor mir eine Parkschlange, stell' den Motor gar nicht ab, blinke rechts und sehe schon die drei Leute, die, im aufdringlichen Regen, meinen geöffneten Autotüren zueilen.

Und im gleichen Augenblick halten die Genossen hinter meiner Westkiste. Ich will gerade wieder abfahren, als der Genosse Hauptmann die Scheibe beklopft und sofort zehn Mark verlangt. Ich weise auf die Autos vor mir, die im »totalen Halteverbot« – eine deutsche Worterfindung – parken und gebe ihm, kulant, zwanzig Mark. Er eilt feierlich zurück und will die Restmark holen. Ich rufe ihm zu, daß er den Lappen behalten kann, und will abfahren. Aber denkste. Der saust wieder zu mir und befiehlt, zu warten. Ich steige aus. Der Regen spornt den Mut an. Ich laufe zu dem im Volkspolizei-Auto sitzenden anderen Genossen und sage, daß ich gerne – weil so selten – unseriösen Polizisten aus dem Volke doppeltes Strafgeld zahle: Eine Hälfte fürs Delikt, die andere für die originelle Mitternachts-Deliktregistratur. Ungerührt gibt er mir die Restmark. Ich nehme das Ost-Papier und lege, mitsamt Quittung, alles ordentlich vor die Polizistenstiefel und fahre los.

Filbinger würde sagen, daß die Polizisten »rechtens« handelten. Jedenfalls taten sie das. Und haben, streng genommen, *auch* um ihr Leben fürchten müssen. Denn die Straße war tot, einsam, einbahnig, und mitten in der Nacht sehe ich nicht ungefährlich aus. Und im Sonnenlicht machen nicht mal Fliegen und Mücken vor mir Halt.

Der eine Fahrgast will plötzlich die Quittung haben. Ich halte. Der rennt und kommt zurück mit dem aufgeweichten Dokument. Und wahrhaftig: Ich lese – Filbinger.

Jetzt ruht die Quittung aus, unter Glas, an meiner Wand.

Unwirklich ist auch, daß ich den echten Filbinger, als er noch nicht schlagartig bekannt – Jahre vorher – als DIN A 4-Foto im Heckfenster meines Autos hatte. Fett und schwarz stand daneben: Ich habe Angst vor dem Mann.

Mein Gott, bin ich gefragt worden, wer das auf dem Foto sei. Die lästige Fragerei ließ mich das Foto in den Müll werfen. Ein anderer suchte Fotos. Später...

Als Kind schreckte man mich mit Fotos vom Führer. Und später die dämliche Angst vor Filbingerfotos. Ein Psychiater gab mir den Typ mit dem Foto ins Auto, und der Text daneben war auch seine Therapie... Der Dokter werkelt jetzt in Chicago und wird seine Maßnahmen bestätigen.

Angst ist: Unrecht tun.

Wo kämen wir hin, wenn plötzlich Autos mit *meinem* Foto und dem Text im Bundesgebiet rumsausen. Das wär' Unrecht. Ich tat dem Filbinger Unrecht. Dieser Doktor...

Und bestimmt würde sich mein Foto viel besser eignen, Leuten Angst zu machen. Wo ich doch heftig zusammenzucke, wenn ich in meinen Paß blicke oder ihn an Grenzen vorzeigen muß. Jedenfalls würde ich mich nicht über eine Spontanverhaftung wundern.

Im Lauf der Zeit wurden die Explosionen in mir weniger. Mitte der fünfziger Jahre aber wirbelte ich noch einen ganzen Klein-Zoo in Hagen durcheinander. Als damaliger »Ostzonen-Besucher« war ich Gast meines Onkels, der in der Eisengießerei Falkenroth – was für ein Name für eine Gießerei – seinen Schweiß verschüttete.

Als Dauergast des Leipziger und Halleschen Zoos, verdrückte ich mich gerne in den Hagen-Haspe-Kleinzoo. Sensationen hatte der nicht zu bieten. Aber einen furchtbaren Ungeheuer-Hund. Schon sein Bellen rumorte wie der Vulkan auf Stromboli.

Gefüttert wurde das Tier mit Fleisch, das auf Eisenstangen gespießt über eine Doppelabsperrung in den Gitterkäfig gestopft wurde. Das Futter stank wie Aas. Der Gestank regte mein Mitleid an. Vierzehnjährig, war ich machtlos gegen diese Fütterungsmethoden.

Plötzlicher Regen verscheuchte die Besucher vor dem Käfig. Ich blieb vor dem Löwen –, nein, Hundekäfig stehen. Und redete auf das Vieh ein. Wie auf einen Freund, der im Sterben liegt. Alle guten Taten des Lebens zählte ich auf. Die seinen. Nicht meine. Und der Hund stellte sein Vulkanbellen ab. Den Kopf legte er schräg – vielleicht wollte er mich besser verstehen.

Sein Baumstamm-Schweif ruderte verhalten von links nach rechts und von rechts nach links. Plötzlich – ein ganz feines Fiepen. Wie bei einer Unglücksmaus. Und er stellt sich auf die Hinterbeine. Schnauze und Tatzen zwängen sich durchs Gitter. Laden mich ein. Ich klettre über die erste Absperrung.

Sein Baumstamm verstaubt den Gefängnisboden. Ich strecke mich, um seine kalte Nase zu streicheln. Und sofort wischt seine Zunge mir über die Hände. Ich greife in sein Maul. Packe seine Ohren. Wühle in seinem Fell. Das lästige Gitter zwischen uns.

Ich klettre nach oben. Immer höher.

Seine Freude wächst, als ich mich, auf seiner Seite, wieder ablasse. Schwer und froh lasten seine Vorderhachsen auf meinen Schultern. Er schleckt mich ab, als wäre ich ein Leckerbissen. Und fiept und fiept und fiept...

Draußen hört der Regen auf. Die ersten Besucher eilen wieder zur Hundeattraktion. Und sehen mich, gastlich im Käfig einquartiert.

Das Publikum reagiert hysterisch. Ein Wärter und eine Funkstreife pirschen sich an den Käfig. Die Menge wird größer. Und das Tier wird wütend gegen die Feinde vor dem Gitter. Es will mich verteidigen.

Ich verlange frisches Fleisch. Zehn Minuten später erreichen mich ein paar Pfund durch die Gitterstäbe. Ich beruhige den Hund und strecke ihm die delikaten Happen ins Maul. Wärter und Polizei reden mir gut zu. Der Hund beruhigt sich. Die Menschen vor dem Käfig beunruhigen sich. Man will mich trennen von meinem neuen Freund. Und dann verstehe ich den Hund und fange an, die Gaffer anzupöbeln: »Schert Euch weg.«

Und da sehe ich erst die Gittertür. Verschlossen mit einem ausgeklügelten Riegelsystem. Von einem Hund nicht zu öffnen. Aber von mir.

Nach dem ersten Riegel erraten Hund und Meute meine Absicht. Der Hund kräuselt die Nase mit Blick auf seinen Wärter... Der erste Riegel ist offen. Die Menschen weichen zurück. Ich nehme mir den zweiten Riegel vor. Der Monsterhund schmückt sich mit einem wunderschönen gesträubten Fell. Er hat aufgehört mit Bellen. Er knurrt, langsam und genüßlich. Seine Muskeln lassen die Hinterbeine scharren.

Der dritte Riegel ist offen. Die Gaffer rennen und suchen Türen. Ich verlange Halsband und Leine. Minuten später ist mein Freund eingeschirrt im sicher Ungewohnten.

Wir verlassen das Gefängnis. Das Tier reißt mir nicht den Arm ab und stürmt nicht in Richtung Peiniger. Polizei und Wärter sprachlos.

Wir beachten die Herrschaften nicht. Wir spazieren. Dann rennen wir, bis ich umfalle vor Atemlosigkeit. Der Hund versucht nie, schneller als ich zu sein. Tausend Augen beobachten uns. Ich sammle die ersten Würste ein. Mit schlechtem Gewissen – in der damaligen »Ostzone« (1956) war's eine Schande, und in Hagen fliegen mir Delikatessen zu für einen Hund. Das Monster und ich verschnaufen im Gras. – Als erstes nähern sich Kinder. Gleichaltrig, jünger, älter.

Der Wärter, gekränkt in seiner Hundeehre, schleicht näher. Ich wundere mich über meinen Freund. Er beachtet seinen Ernährer nicht. Dieser, keine drei Schritte vor uns, fällt plötzlich um – der Hund über seiner Gurgel. Totenstille. Jedenfalls hab' ich den Sprung nicht bemerkt. Und ich bitte meinen Freund zurück. Er folgt.

Der Futtermeister erhebt sich unverletzt. Mordlust in den Augen. Plötzlich kommt er zurück. Mit einem Gewehr. Die Zuschauer stürzen sich auf ihn. Die Polizei nimmt ihm das Gewehr ab und beruhigt den Mann. Ich den Hund. Dann führe ich das Tier in sein Gefängnis. Und klettre wieder zurück in die »Freiheit«.

Der Wärter steht vor mir. Riesengroß. Er will mich packen. Ich springe nach seinem Kopf und verklammre mich im Wärterschopfe. Der Hundemeister schreit. Er merkt, daß er mich nur zusammen mit seinem Skalp loswerden kann. Der Hund in seinem Gefängnis tobt. Der Wärter rollt sich auf den Boden, um mich abzuwälzen. Während der Rollerei hämmert er seinen Kopf am Eisenpfahl der ersten Gitterabsperrung, ich helfe nach. Der Hundemensch rührt sich nicht mehr.

Von seinem »Mich-packen-wollen« bis zu seiner Bewußlosigkeit hetzten höchstens zwei Sekunden ins Land. Deshalb konnte niemand eingreifen. Auch die Polizei nicht. Der Hund sowieso nicht.

Ich schlich mich zum Onkel. Und am nächsten Tag, in aller Herrgottsfrüh', zurück in den Klein-Zoo. Und sehe, wie zwei Männer - den Wärter hätte ich kaum erkannt mit seinem verbundenen Kopfe – meinen neuen Freund auf einen Hänger werfen.

Der Hundekopf zu Brei zerschossen. Das Gewehr lehnt an der Gitterumzäunung. Ich wußte nicht, wie man schießt. Die Lähmung in mir war groß. Ich konnte den Wärter nicht erschlagen mit dem Gewehr. Ich bin hingeschlichen und wollte ihm den Kolben über den Schädel dreschen, von hinten, als er sich verabschiedete vom Fahrer. Aber die Lähmung machte mich kraftlos, obwohl ich einen Zentnersack Kartoffeln schleppen konnte.

Heute versuche ich mir einzureden: Von hinten erschlägt man nicht einen Menschen. Aber getan hätt' ich's schon.

Der brave Onkel hat nie was erfahren. Heut' ist mir der Kontakt zu ihm verboten: Weil ich sein Söhnchen, das mich nicht sofort verstand am Telefon – vor zehn Jahren – sehr beschimpft habe. Der Vater, mein Onkel, verteidigte sein sehr langsam sprechendes volljähriges Kind während des Rückrufs. Und da der Onkel maulte über mich, bot ich ihm eine Maulschelle an. Eine Todsünde in evangelischen Familien. Sofort hat er mich beerdigt. Mit frohem Herzen, denn seine Schwester, meine Mutter, hatte ihm ihre Unterschrift für einen Finanzkram überlassen. Der Kram war passend für den Onkel, aber nicht durchschaubar für die Mutter. Wenigstens nicht von der damaligen »Ostzone« aus.

Ich habe gehört, daß er jetzt auf die Beerdigung meiner Mutter wartet – obwohl ich mich entschuldigte für mein schlechtes Betragen. Man gönnt auch denen Erfolg, die auf eine Entschuldigung verzichten können. Auch wenn der Erfolg unsere Beerdigung wäre...

Und die Konfrontation mit Beerdigungen und Blumen, den teuersten, inmitten gepflegter Friedhofslandschaft, an offenen und zugeschütteten Gräbern, ist heftiger als ein handfester Ehestreit.

Ich denke da an Herrn Baum. Und an sein Weib Edelgard, geborene Achilles. Wie Achilles. Mit einem Onkel in Dublin, der seinem VW bergab den Motor abstellt, weil sich die Benzineinsparung – ein Leben lang – bezahlt macht. Der Onkel pflegt sein Abstellhobby noch heute mit 90.

Was nun die Edelgard ist, die ihren Radldorfer (in der Nähe von Straubing) Dialekt in West-Berlin verloren, leider, hat, kann man nur sagen: Spitze.

Sie vermittelt an einer Realschule der »Frontstadt« (DDR-Jargon) Englisch und Geschichte an die berühmten Berliner Kindl. Schon über dreißig, wird die Achilles noch immer verwechselt mit ihren siebzehnjährigen Schülerinnen.

Lässig fragte ich nämlich am ersten Schultag, hineinplatzend in eine Mädchenherde auf dem Pausenhof, nach der »Neuen«.

Die Vokabel »Lehrerin« vermied ich, weil autoritär. »He, Du, schleich Dich her, der Alte hier will was von Dir«, schrie eine große Blonde über den Pausenhof. Ich blickte in die Schreirichtung und sah die Achilles. Die kam. Und begrüßte mich. Mein Erstaunen über das flegelhafte »Du« der großen Blonden, höchstens sechzehn, dämpfte die Achilles mit: »Ich bin grad' erst angekommen und wurde mit freundlichem Hallo begrüßt und mit der Frage, ob ich schon die ›neue Lehrerin‹ gesehen hätte. Natürlich verneinte ich. Nun warte ich bis zum Unterrichtsbeginn.«

Ich dann mit rein in die Klasse. – Donnerwetter, so ein Staunen-Geraune, aus dreißig Mädchenkehlen, noch nie gehört.

Herr Baum traf seine Edelgard erstmalig an einer Haltestelle der Münchener Straßenbahn. Anfang der siebziger Jahre. Die Münchener Verkehrsbetriebe waren lahmgelegt wegen eines Streiks. Jedes Münchener Kindl wußte das. Nur die Achilles, immer ländlich in Radldorf daheim, wartete an der Haltestelle, dringend, auf eine Tram. Und Herr Baum beobachtete das im Vorübergehen. Erst ungläubig, weil alle Zeitungen voll über den Streik. Und die Achilles, ausgerüstet mit den unterm Arm geklemmten Nachrichten, schaute, kopfschüttelnd, in die Herkunftsrichtung der Bahn.

Herr Baum konnte nicht weglaufen. Er mußte das seltene Warten beobachten. Außerdem war Herr Baum nicht unempfänglich für die Ausstrahlungskraft ganz junger Mädchen. Die Signale in ihm klappten auf »volle Fahrt«, und trotzdem stellte er sich vorsichtig vor die nervöse Lehrerin. »Ich will Sie ansprechen, weil Sie aufgeregt sind und weil Sie irren«, eröffnete Baum sein Feuer. Die Achilles bewaffnete sich mit Ablehnung. Der Herr registrierte diese zusätzliche Schwierigkeit. Deshalb paßte sein: »Die Bahnen fahren heute nicht – Streik.«

»Ein plumper Annäherungsversuch«, schoß die Achilles zurück, aber nicht unfreundlich. Herr Baum zog ihr die Zeitung unter der Achsel weg, blätterte auf und hielt die fette Streiküberschrift vor die Achillesnase. So schnell kapiert eine Achilles nicht. Und ihr »Was mache ich jetzt?« hörte sich an wie – so ein Mist.

Herr Baum, nicht faul, nahm sich ein Achilleshändchen, tupfte seine Lippen auf die Knöchel und riskierte: »Weil Du Schülerin bist, küsse ich simpel, wenn Du Lehrerin wärst, würde ich mehr wagen.«

Hätte die Achilles auf Chinesisch geantwortet, Herrn Baum wär' die Lust auf die Lust auch nicht verborgen geblieben, obwohl der Text mit: »Wenn Du überhaupt küssen kannst«, nichtssagend dasteht.

Es war nicht der Achillestext, welcher Herrn Baum bewies, daß er sich täuschte mit »Schülerin«. Text und Sprache waren unwichtig während dieser Streikminuten. Außerdem – nur dreißig Schritte bis zur Achilleswohnung. Und das Bett noch nicht ausgekühlt an dem Tag.

Sie warteten mit den nächsten Sätzen, bis die Achilles gastlich die Bettdecke zurückkippte mit einladender Bewegung. Der überraschte Baum: »Es kommt nicht darauf an, mit einer Frau zu schlafen, es ist wichtiger, mit ihr hinterher noch frühstücken zu können.«

»Du hast begriffen, ich hab' noch nicht gefrühstückt heut'.«

Herr Baum, der vor zwanzig Minuten sich von seiner Hauptfreundin Vera, einer Französisch- und Deutschlehrerin – allerdings am Gymnasium – verabschiedet hatte, nach heftiger Morgenumarmung, bewunderte heimlich seine Fähigkeit zur Umstellung. Baum wollte, nach Ende des plötzlichen Sturms, der Achilles von der Vera berichten. Der Sturm aber, mit orkanartigen Böen, ermattete länger als gewöhnlich den Herrn Baum. Was der Achilles zu danken war.

Baum, von der Gemütlichkeit der Achilles angeregt, mußte während kurzer Vernunftspausen an seine intellektuelle Vera denken. Vera: Ich bin nun mal dekadent.

Vera nämlich war alles andere, nur nicht gemütlich während des Wachseins im Bett. Und ihre hohen geistigen Fähigkeiten, da kam der Baum nicht mit, ließen sie ausbrechen aus dem Staatsdienst am Gymnasium. Hinein in die Kultur.

Vera, ein Kulturmensch und kein Staatsdiener.

Heute mischt Vera mit im Kulturbetrieb. Und Baum atmet durch, wenn er ihren Namen in der Zeitung liest.

Baum ersparte sich einen Bericht an die Achilles über die Vera. Er strebte an, daß Achilles und Vera selbst einander abschätzten. Baum organisierte das Treffen taktvoll. – »Trinkgefäße in Veras rechter Hand werden verschönt durch ihren weitabgespreizten Finger«, war der erste Achillessatz über die Vera.

»Die Achilles träumt mit geöffneten (sie sagte nicht ›offenen‹) Augen, ich kann nicht begreifen, daß sie an einer Realschule Englisch und Geschichte unterrichtet«, war Veras erster Kommentar.

Ein Jahr später verdrückte sich die Radldorferin nach Berlin, sprach, wie gesagt, ein weiteres Jahr später nur noch exaktes Hochdeutsch und hinderte den Baum nicht, ihr zu folgen.

Baum lief mir in Berlin in die Arme. Er schleppte einen sehr teuren Kranz. Der Trauerflor flatterte um sein Gesicht. Und in der linken Hand schwenkte er einen Strauß Rosen. Ein ungeduldiger Berliner Busfahrer nämlich wartete nicht, bis Baum mit seiner Last die Haltestelle erreichen konnte. Zwar rannte Baum schneller, weil ich ihm Hilfe anbot und ihm Blumen und ein schweres Paket abnahm, um gemeinsam mit ihm den Bus zu errennen. Aber denkste – der Fahrer wollte seinen Fahrplan nicht gefährden, und wir standen verlassen und schnaufend an der leergefegten Haltestelle.

»Jeder Dieb hat mal Pech«, versuchte ich zu scherzen. Herr Baum wich zurück und lächelte keinen Beifall. Und stolzzornig, aber nicht unfreundlich, erwiderte Baum: »Ich hatte nie Pech.« – Nun kippte ich den Kopf erstaunt nach hinten, so wie früher, als die geklauten Äpfel in mein aufgespanntes Schürzchen trommelten, direkt vom Baum und genau gezielt von meinem Freund Claus.

Und bewundernd und erregt stellte ich fest: »Sie sind ein echter Dieb und klauen Außergewöhnliches!« – »Nach Kriegsende war das Kranzklauen nicht ungewöhnlich«, versuchte Herr Baum meine Begeisterung zu stoppen. Und so wie man ein Kind beruhigt, das die Ostereier an Weihnachten suchen will, erklärte mir der Baum: »Den Kranz ›vergesse‹ ich im Bus, ich will nur die Blumen, und ich will nicht auffallen und klaue zu den Blumen einen Kranz dazu. So bemerken mich nicht mal die Angehörigen der Verstorbenen. Und meine Achilles freut sich über jede Blume.« Nach dem letzten Satz kippte mein Kopf noch ein Stück in den Nacken. Und freundschaftlich langte Herr Baum mir ans Hinterhaupt und dirigierte mein rechtes Ohr bis vor sein Gesicht, und dann hörte ich: »Die Achilles ist nämlich mein Weib und heißt eigentlich Baum, äh – ich bin der Herr Baum.« Die Rosen dufteten versöhnlich.

Der nächste Bus hielt, wir kletterten rein, der Kranz wurde an der Haltestelle »vergessen«. Zwanzig Minuten später schenkte ich den Baumschen Rosenstrauß der Achilles. – »Achilles«, erklärte Baum, »das ist ein Freund aus München, ich traf ihn im Blumengeschäft, heute kannst du bayerisch plaudern, ich hör's so gern.« – »Aber ich bin dieses wunderbaren Dialekts nicht mächtig, Frau Baum«, lenkte ich ab.

Mir kam alles so unwirklich vor, wie die KSZE-Schlußakte von Helsinki, dieses Strohfeuer der Gewissensberuhigung.

Erst das Gespräch mit den Baums rückte mich wieder näher in die Bundeswirklichkeit. Die Achilles, ungehemmt bayerisch, eilte plötzlich – als wir gerade über Teufel und Tod diskutierten – in die Küche und brachte direkt vom Frühstückstisch eine Tageszeitung und las eine kurze Meldung in unsere Ohren: »Wie der Pressesprecher der Berliner Verkehrsbetriebe mitteilt, häuft sich in den letzten sechs Monaten in den Fundbüros eine größere Anzahl von Trauerkränzen. Die Berliner beweisen damit, daß sie weder die Mauer noch den Tod wahrhaben wollen. Kein einziger Kranz wurde vermißt. 69 Kränze wurden gestern zur Verbrennung freigegeben.«

Nachdenklich ergänzte die Achilles: »Mir san jetzt a scho a halbertes Jahr beinand.«

Am nächsten Tag, zurück in der »Domäne«, besorgte ich für die Gretel einen wuchtigen Rosenstrauß. Aus der Gärtnerei im Dorf. Peinlich für mich, daß die Gretel vor Überraschung mit der Zunge schnalzte und spontan – es war kurz vor Ostern – ein »Schifahrn-Ostern« spendierte.

Mitten im bayerischen Berg-Urwald hatte sich ein Mensch (einheimisch) 'ne Baugenehmigung ergaunert. Das Nobelhaus ist nur per Anmarsch erreichbar. Halbstündiger Aufstieg. Doris und Claus, Dauermieter der zwei schönsten Zimmer im Haus, freuten sich, uns ein Zimmerchen abzugeben.

Dann das Übliche: Langlauf und andere Hetzveranstaltungen. Nichts für mich. Gott sei Dank – ich verlor die Schneescheibe am Schistock und durfte umkehren und mich mit Heidelbeerkuchen vollstopfen.

Ostermontag konnte ich überreden zum allgemeinen Ruhetag. Nur ein kurzer Spaziergang – dann Lenz in der Sonne.

Dienstag zurück in der »Domäne« – lächelnder Empfang: In die KFZ-Werkstatt ist eingebrochen worden, Bargeld aus dem Panzerschrank und Dein Auto geklaut!

Erst die Polizei überzeugte die Gretel und mich, daß die Nachricht nicht erfunden war. Weil doch unser Trinidadkind dauernd lächelte. Der Clan auch. Wir nicht so.

Mittwoch wollen wir das Ereignis feiern in München – Kino, Essen usw. Vorher will ich noch eine Rechnung zahlen. »Überweis doch«, murrt die Gretel. – »Ne, da fahrn wir gleich hin mit Deinem Auto und zahln bar«, setze ich mich durch.

Zwei Minuten später sehe ich, so im Vorbeifahren, meine Blechkiste am Kaiserplatz Nr. 2 stehen. Korrekt geparkt. In Schwabing – wo sonst.

»Da steht mein Auto.« – »Du spinnst.« Wir halten. Sie behauptet, daß ich noch mehr spinne. Ich zeige auf der Ablage ein Geschenk von ihr. – Endlich geht sie zum Telefon. 110 ist ihr unbekannt. Ich warte...

Ungeschickt rollt die Uniform-Polizei an. Ich maule, daß die doch lieber Zivilkollegen schicken sollen, die sollen »observieren«. Na gut, die haun ab, als die Zivilherren anrollen. Und eine Minute später, wie im schlechten Film, trollt sich der Herr Einbrecher an mein Auto, sperrt mit meinem Schlüssel auf und will abfahren.

Die Zivilschützer zielen mit Revolvern auf den ahnungslosen Einbrecherkopf. Der Film wird schlechter. – Der Herr muß aussteigen. Mit den Armen gen Himmel, was gar nicht so einfach ist.

Die Beamten finden im Hosenbund einen schweren, russischen Trommelrevolver mit Sowjet-Stern, dem kyrillischen »f« und der eingeprägten Jahreszahl 1940 neben der Seriennummer.

Nun ist der Film ganz schlecht. Aber man kann das nachlesen im Revier fünf, Rheinstraße. Betrifft: Entflohener Schwerverbrecher aus Wien – 18 Jahre schwerer Kerker – in Schwabing gefaßt.

Am nächsten Tag das ›Stern‹-Titelbild. – Die miesen Tricks der Versicherungen. Was für ein Zufall. – Keine Versicherung will zuständig sein... Das Federbein war gebrochen, vielleicht ist der Herr aus Wien über ein Feld gedonnert?...

Im ›Stern‹ konnte man nicht lesen, daß die Mafia ein kleiner Fisch ist gegen die bundesdeutschen Versicherungen.

Meine Kiste fuhr ich auf Handzeichen vom Polizeihof...

Von so einem Hof fuhr ich auch in Warschau, angetrieben vom

Handzeichen eines grauhaarigen Beamten, der aussah wie der ältere Zwillingsbruder von Breschnew. Und er deutschelte wie ein liebestoller Täuberich, nur stolzer und undeutlicher. Jedenfalls bekam ich mit, daß man keinen Wert legt auf meine Anwesenheit in Warschau und Polen.

Vielleicht suchte man nach Ursachen für die merkwürdigen Verbrüderungen zwischen Juden und Christen? In Warschau erfuhr ich, daß man nicht gerne spricht über den Aufstand der Warschauer Juden im April '43...

Die Rückfahrt organisierte ich über West-Berlin und gab bei Baums das für Warschau bestimmte Patengeschenk ab. – Gerade im rechten Augenblick: Der Baum-Nachwuchs war vier Stunden später da.

Mein Freund Erich nennt Geburten »die ersten Schreie zum Tod«.

Erich, zwei Meter lang und fünf Pfund zu dünn, erquickt Kinderstaunen mit plötzlichem Kugelbauch, den er – mit welcher List auch immer – vor sich aufbaut und ein Glas Milch auf diesen Bauch wie auf einen Tisch stellen kann. Mir präsentiert er auf dieser Kugel ein Glas Bier.

Und im Dritten Programm des Bayerischen Fernsehens erzählt der Erich als Clown den bayerischen Kindern (auf hochdeutsch) die verrücktesten Geschichten.

Schon vor zehn Jahren, noch in Karl-Marx-Stadt (Chemnitz), erläuterte der Erich allen Kollegen im Theaterensemble seine Besitzanteile am – Leipziger Völkerschlachtdenkmal. »Natürlich«, so Erich damals, »verwaltet ein Star-Anwalt in Hamburg meine Anteile.« Ehrfürchtig erstarrt das Ensemble.

Wäre dem Erich die Freiheits-Dame von New York eingefallen, die Kollegen hätten's auch geglaubt.

Für den ungeübten Bundesrepublikaner: Das Völkerschlachtdenkmal, 1913 vor der ersten Neuzeit-Völkerschlacht vom Kaiser persönlich eingeweiht, ist geheiligtes DDR-Eigentum und protzt mit ähnlichen Ausmaßen wie der Kölner Dom ohne Kirchenschiff. Fünfzehn Millionen Goldmark berappten die deutschen Vorkriegspatrioten.

Und ein Jahr nach Erichs Eigentumsbeichte lebte in Erichs Tasche die Genehmigung für eine West-Gastspiel-Reise mit Ensemble.

Erich spürte Feindschaft aus der Ensemblemasse. – »Da wirste woll drüben bleiben, was?« hörte er aus einem gehässigen Maul. »Ich drüben bleiben, warum, wieso, Du spinnst!«

Darauf das einflußreiche Maul: »Na, Du bist ja reich drüben, Deine Anteile am Völkerschlachtdenkmal bringen doch enorm viel

Mäuse ein.« Seit langem wieder war der Erich ohne Sprache über soviel Scharfsinn.

Und die Bosheit tropfte weiter: »Und Einfluß scheinste zu haben – die Würstchenbuden am Denkmal sind verschwunden, weil Du ja Würstchen mit Denkmal nicht ausstehen konntest.«

Erich erschauerte. Hatte er doch behauptet: »Mit meinen Anteilen werde ich sorgen, daß die verstinkerten Wurstbretterbuden verschwinden.«

Die Buden waren dicht – aber wegen Wurstknappheit. Erich griff an: Mit einem Vormarsch in die Intendanz. »Herr Intendant, Genossin Parteisekretärin, ich fahre nie und nimmer mit in die ›BRD‹.«

Der Angriff schlug als Volltreffer ein. Partei und Intendanz: »Erich, Dir geschieht Unrecht mit diesen bösen Behauptungen, Du hast unser Vertrauen, und Deine Anteile am Denkmal stören uns nicht!«

Die Siegesfreude in Erich ließ sofort den Kugelbauch durchs Hemd stoßen.

Nach dem Gastspiel blieb der Erich in Düsseldorf. Intendanz und Partei haben sich ins Hemd gemacht.

Nach den Ostverträgen raste der Erich sofort per Visum nach Karl-Marx-Stadt. Jedes Jahr eine wilde Reise dorthin. Bis er die Parteisekretärin traf. Auf der Straße. Frostig die Begegnung.

Die nächste Reise war an der Grenze beendet: Sie sind unerwünscht in der DDR. Auf Handzeichen wendet er.

Neulich besuchte das Karl-Marx-Städter Theater die Festspiele in Oberhausen. Ein Erich-Fest bahnte sich an. Erich, neugierig, spazierte, wie zufällig, hinter der Bühne in die Arme seiner ehemaligen Kollegen. Während der Pause.

Spontan taumelte Frau M. in die langen Erich-Arme. Und inmitten des Wiedersehenbusselns, vor Augen eisiger DDR-Künstler, wurde Frau M. aus den sanften Erich-Armen gezerrt von der parteilichen Parteidame.

Alle anderen DDR-Zuschauer übersahen geflissentlich die Szene. Kann ein deutsch-deutsches Treffen treffender sein?

Wieder daheim, hinter der Sicherheitsmauer, hatte Frau M. ein paar Schwierigkeiten – dank ihrer Spontaneität. Die Parteihüterin aber wurde mit Lob überhäuft. Parteien-Lob ist nicht kunstfördernd.

Kritiker loben, Parteien tadeln. Kritiker tadeln, Parteien loben. Bei seltener Einigkeit glaubt der Betroffene an eine Falle. Meistens hat er recht.

Wie Herr Baum, der inmitten einer zotteligen Wiese einen Zehnmarkschein erfingerte. Er döste nämlich in der Sonne, kraulte seinen Hinterkopf und trommelte, erwachend, mit flachen Händen ins Gras. Und schon wirbelt der Schein in seine Finger. Ringsum kein Mensch für einen Scherz aufgelegt – aber woher weht ein Geldschein?

Und dann sah er sie kommen. Höchstens siebzehn. Ungeniert. Mit zuviel Ausstrahlung, wie Herr Baum feststellte. Herr Baum brachte Ordnung in seine Atmung und versteckte den Schein in seiner Hand.

»Ich ruhte aus hier und muß mein Taschengeld verloren haben«, hörte der Herr Baum.

Das Gras, das Zirpen in den ungeschorenen Halmen, die Nachmittagssonne, die Mädchenstimme und die Höschen schräg-seitlich über seinen Augen – alles ist einmalig wie Mozarts fünf Violinkonzerte, dachte der Herr Baum.

Dann fiel der Schein aus seiner Hand ins Gras. Die Hand schlaffte in die Halme. Das Mädchen tritt näher und drückt ihren Fuß auf das Geld. Sie hebt den Fuß – er sieht Spannung in ihrer Wade und dem Schenkel darüber. Vorsichtig schiebt der Mädchenfuß den Geldschein unter sein Kreuz. Der Mädchenfußrist unterm Kreuzbein wärmt durch bis zur Bauchdecke.

Seine Hand verliert an Schlaffheit und beginnt, entlang ihrer Wade, eine Fahrt in den Himmel. Die Fingerspitzen erreichen, ohne daß er sich strecken muß, die Himmelspforte, leicht behindert von einer dünnen Baumwollwolke. Diese schmiegt sich, während des Hinabgleitens, willig in seine Hand, bleibt aber, die letzten zehn Zehen passierend, achtlos im Gras liegen.

Herr Baum, über sich die freie Einfahrt, spürt das Altbekannte sehr neu, und der Drang, die Wärme des Himmels seinem gestärkten Mittelpunkt zu bieten, verleiht der Situation den letzten Schliff.

Das Mädchen bestaunt zu ihren Füßen eine stehende Festung und besetzt den Hauptturm, sanft hinabsegelnd, mit einem Kniefall.

Der Faltenrock verhüllt diskret den zweifachen Sieg, und Herr Baum denkt, trotz intensiver Atmung, an seine Achilles, welche jeden Augenblick diesen stillen, ausgesuchten Ort beehren muß.

Herr Baum hofft auf die altbewährte Unpünktlichkeit seiner Frau. Doch die Achilles, zu pünktlich – aus welchen Gründen auch immer – sieht den außerehelichen Film schon seit der ersten Szene. Ohne das Drehbuch zu kennen, fühlt sie eine gewisse Unschuld in der außerplanmäßigen Hauptrolle ihres Mannes. Und der Regisseur der ungekünstelten Szenen – wie heiß der nur? – überzeugt die Achilles.

Ihr Rangplatz – eine leicht besteigbare Eiche – erlaubt beste Sicht. Drei Meter schräg unter ihr die Szenen und sie nicht im Blickwinkel des Paares. Gott sei Dank.

Herr Baum, mit entwaffnender Selbstverständlichkeit, pfeift auf Diskretion und befreit seine Bezwingerin vom lästigen Textil. Komplett.

Die Achilles kann endlich die Eiche verlassen, läßt aber, direkt neben dem Stamm, ihr Baumwollnes zurück. Komplett. Die paar Schritte bis zur Hauptszene meistert sie nicht nur mit den Füßen: Nein, die rechte Hand in »Pst-Haltung« vor den Lippen, die linke, sanft bewegt am Dreieck, verleihen der Achilles ein deutliches »Laßt-mich-im-Bunde-der-Dritte-sein-Zeichen«.

Das junge Mädchen erkennt dieses. Und bedeckt unter sich die Augen des Herrn Baum mit warmen Händen. Herr Baum, über diese Geste besonders erfreut, weil die Sonne schräg in seine Augen blinzelt, zieht dankbar die Lippen über sich – welche er noch gar nicht küßte – zu den seinen.

Die junge Dame versteht hinter sich das sanfte Drängen der Achilles und läßt für einen kurzen Augenblick die Schöpfungskrone frei, damit die rechtmäßige Ehefrau das Juwel wieder einfangen kann mit geschickter Bewegung.

Das sensibelste Teilchen des Herrn Baum spürte sofort die klimatische Veränderung, und greifbar mit den Händen war sie außerdem. Nur die Augen signalisierten Unglaubliches: Viele Atemzüge lang glaubte Herr Baum, nun den endgültigen himmlischen Frieden gefunden zu haben – das gelöste und entspannte Achillesgesicht, frei vom Realschulstreß, ließ Herrn Baum, völlig unüberlegt, sagen: »Wußt' ich's doch, daß ich Dich im Himmel wiedertreffe.«

Die Damen mühten sich ab, ihn zu überzeugen, daß er nicht im Himmel weile. – Durchs Gras rollten sie den heftig entspannten Baum. Und erst die Eiche überzeugte den Herrn Baum, daß er mit zwei Frauen eine zukunftsorientierte Gipfelstürmerei geschafft hatte.

Jedenfalls klaut Herr Baum keine Kränze mehr.

Und wie konnte er ahnen, daß die Lieblingsschülerin seiner Frau zehn Mark verliert in der Nähe einer Eiche – absichtlich. Baum ist noch immer nicht informiert. Nur ich.

Man informiert mich oft. Aber zehn Mark »verliert« niemand für mich. Und im deutschen Naturgestrüpp findet man nur Abfälle. Der entfernteste Winkel in unberührter Natur – und du bestaunst Kaugummipapier. Oder Kippen. Das Ferkel aus Deutschland war da. Gründlich.

Ich bin auch eine Sau. Hab' ich doch neulich ein NPD-Plakat abgerissen und die Fetzen dem Wind geschenkt, ganz in der Nähe der Barockkirche. Und da mußte mich der Ortsgruppenleiter erwischen. Auch CSU-Wähler empörten sich über meinen Ausrutscher. Das Strafverfahren rollt auf mich zu.

Handgreiflich könnte der Hochhuth nie werden, hab' ich gelesen. Ich schon.

Hochhuth lebt im Ausland und hat direkten Kontakt nicht nötig zur Gewalt. Und braucht gar nicht zuschlagen mit den Fäusten. Ich schon. Ich bin nämlich ein derber NPD-Feind. Denn in erstaunlicher Auflage erscheint eine ›National-Zeitung‹ in der Bundesrepublik. Spaß ist der Inhalt nicht, wie überheblich behauptet wird. Man macht sich lustig über dieses Organ. Ich nicht. Denn meinem entsetzten Ernst steht ein gläubiger Leser-Ernst, hunderttausendfach, gegenüber...

Hoffentlich heißt es nie, daß der Hochhuth einer der ersten Emigranten war. Später. Wenn der letzte Mensch am Tisch sitzt und schreibt...

Ich sitze lieber mit den Baums am Tisch. Besonders er und sein Freund Dieter improvisieren heitere Tischgespräche. Mit Hilfe von Frankenwein und ohne die Achilles entwickelt Baums Zunge ein üppiges Erzähltalent. Dieter, kürzer und breiter als der Baum, unterstützt mit Lächeln und Kopfnicken jeden Baumsatz. Ja, die beiden verstehen es, dem bundesdeutschen Alltag einige Kostbarkeiten abzuringen: Aus dem Kulturangebot, Abteilung Literatur, zupfen Dieter & Baum die erotischsten Seiten ab, und aus der Musikabteilung schleppen sie nur Mozartaufnahmen. Und als ich ihnen Pionteks – »Ich bin ein *Baum* gewesen, flüsterte die Asche winterlich auf dem Rost. – Aber kein Nutzholz, geben wir zurück, gut durchwärmt« – vorlege, lesen Dieter & Baum tatsächlich das komplette ›Träumen–Wachen–Widerstehen‹ des Autors. Originalton Baum: »Mein erster Mozart in Buchform.« Unterbricht Dieter: »Unser erster Mozart.« Was für ein Kompliment.

Denn die beiden sprachen's fröhlich wie ihren Bericht über die lauten Betten in einem österreichischen Schiort: Ein junger Schihase, verheiratet, verirrte sich, ohne Ehemann, ins Doppelzimmer von Dieter & Baum. Beide anwesend und überzeugend, bannten die Jungvermählte. Diese, noch nie im Leben mit zwei Schlachtschiffen vom Format Dieter & Baum konfrontiert, riskierte freudig-freiwillig einen Zusammenstoß. Da ihr Kapitän nicht anwesend war – reiste zwei Tage später nach – und sie allein auf schneeiger See und sehr neugierig, empfahl sich das unverdächtige Zweiergespann ihr wie von selbst.

Besonders nach der ersten Nacht... Die junge Frau konnte ihr neuartiges Erleben nur mit schwachen Seufzern untermalen. – Baum & Dieter aber lärmten ungeniert ihre Begeisterung volltönend gegen die dünnen Hotelwände. Somit überhörten die Herren das erste Klopfen an der rechten Wand. Baum, von der stillgenießenden Dame sehr beeindruckt, war es, der dem Dieter zuflüsterte: »Alle Hotelgäste denken jetzt, daß Du und ich uns eine Schlacht liefern.«

Dieses Alibi nützten die drei Menschen und sorgten für Gesprächsstoff in der langweiligen Herberge. Und wie zufällig gesellte sich die stillzarte Nachtgefährtin am nächsten Morgen an den Frühstückstisch der zwei.

Und am dritten Tag stellte sie die zwei »Beschützer« ihrem Haupt-Mann vor. Der Gemahl, reich, großzügig und eifersüchtig wie Othello, spendierte jeden Abend unseren Freunden ein Essen. Aus Dankbarkeit, denn die Mittagsruhe war ihm heilig, und er war froh, daß während seines zweistündigen Schläfchens sein Weib gut aufgehoben war bei den zwei Freunden. Besonders Dieter lobte den Essensspender. Und dieser Othello bewunderte den guten Appetit der drei – dann, am Abend...

Und da – nach Umfrage – reiche Männer wenig lesen, werden Dieter & Baum noch in den achtziger Jahren ihr Schivergnügen mit dem freundlichen Ehepaar pflegen. – Inzwischen kann man die Verbindung schon herzlich nennen.

Es gibt einen Unterschied zwischen freundlich und herzlich. »Eigentlich«, so Baum, »müßte man die Gemeinheit uns von der Stirn ablesen. Und warum haben wir kein Mitleid mit dem reichen Essensspender und Othello?« – Man kann den Quark peitschen wie man will, Creme wird nicht daraus, hab' ich mal gelesen. Und in Polen sagt man: Wer sich nicht satt ißt, satt lecken wird sich niemand. In der Bundesrepublik leben nun mal die Menschen mit den meisten Geschmacksrichtungen. Wohlstand macht lukullisch. Baum & Dieter lesen mir Pionteks Satz vor: »Ein Schriftsteller ist der, den Worte den Kopf kosten können.«

Die wollen mir den Schädel abreißen, wenn vielleicht doch der Othello zufällig obige Zeilen lesen sollte... Einige DDR-Herren werden mir noch mehr abreißen, wenn ich von der '79er DDR-Verabschiedung meiner alten Freundin Ulla und ihrem Mann berichte. – Freundin, das ist übertrieben. Denn Ulla bewunderte ich schon '61 aus diskreter Entfernung. Ulla war nämlich die Marlene Dietrich der

Oper in der DDR-Stadt L. Und eine Dietrich spricht man nicht an. Man bewundert. Ulla war die schönste Tänzerin der sozialistischen Republik. Ihre Figur prallte heraus aus der Ballettmasse. Oh – wie sie in ›Fürst Igor‹ oder im ›Faust‹ für Minuten nur aus Schleier und Tüll herausperlte: Stimulation nicht nur für mich.

Und noch in der Straßenbahn sprach man nicht von den Aufführungen, sondern nur von Ullas sinnlicher Ausstrahlung.

'68 besorgte ich mir für die erste Reihe eine Eintrittskarte für ›Igor‹ und verabschiedete mich klammheimlich – vom bequemen Sessel aus – von der Ulla und der DDR.

Und '79 erwähnte der Zweimeter-Erich nebenbei: »Die Ulla, Du kanntest sie doch, ist jetzt in München.«

Erich konnte nicht wissen, daß der Satz mich vom Stuhl hob.

Am nächsten Tag – dank Erich – waren Ulla und ihr Mann meine Gäste.

Ich hätte meine heimliche Jugendlust auch auf der Straße wiedererkannt. Das Gesund-Prallige an der Ulla hatte zwar die DDR-Justizmaschine abgesäbelt, dafür aber eine neue Persönlichkeit freigelegt.

Mit Staatshilfe, sozusagen auf Staatskosten, wechselte Ulla von naiv-unbedarft-sorglos auf herbe Schönheit mit leichtem Untergewicht. Die ganze Persönlichkeit wurde abgerundet durch ihren Mann Ekart.

Der Staatssicherheitsdienst hatte zwei Menschen verschraubt wie ein Gleisarbeiter die Schiene mit der Schwelle.

Die Staatsgreifer packten das Pärchen *nicht* während einer Flucht – oder an der Westgrenze – oder im Kofferraum. Nein – Ulla und Ekart hockten daheim vorm Fernseher und bestaunten im Westkanal einen Western. Und es klingelte nicht die Nachbarin, sondern zwei Bewaffnete begehrten Einlaß und verhafteten sofort, während der spannendsten Minuten im Westkanal.

Aber woher wußten die Fluchtverhinderer von der Fluchtabsicht der beiden? Und wieso konnte diese Absicht nachgewiesen werden? –

Ulla knipste, notgedrungen, den Western aus und wollte sogleich den Anwalt rufen. »Einen Anwalt, Sie spinnen, wir sind hier nicht im Westen!« schoß der Verhaftungschef die Ulla an.

Nach zwanzig Minuten das Pärchen von Beton umhüllt. Getrennt. Einige Monate später lagen die Fluchtpläne den Sicherheitsherren vor. Persönlich geschrieben von Ulla und Ekart. Wie? – das wissen die beiden nicht. Es ist nur – sie *mußten* jeden Fluchtabsichts-Geständnissatz auch selbst schreiben. – Der Staat hat Zeit und

Kredit im Westen und kann warten bis zur Jahrhundertwende auf einen schriftlichen Bericht.

Ullas sonst so verwöhntes und sorgloses Köpfchen machte erstmals nicht weiter mit, das Gehirn verweigerte Speis und Trank. Ulla sackte ab auf eine KZ-Figur und hungerte, »bis mir die Haut in Lappen runterhing.«

Ob die Klapsmühle oder der Lebenswille die Ulla über den Berg schoben, ist ungewiß. – Nach den Geständnissen dann der Prozeß mit einer dreieinhalbjährigen Quittung.

Zwei Jahre später freigekauft von der Bundesrepublik.

Freikaufen – die wichtigste Vokabel in den innerdeutschen Beziehungen. Und in den privaten auch schon. »Die Berührungsangst der Deutschen« (Luise Rinser) erleichtert das private Freikaufen, und sie beginnt in den Familien. Und klettert an den Sprossenwänden der Hierarchie bis in die Öffentlichkeit und dann wieder zurück in die eigenen vier Wände. – Ein Teufelskreis von Berührungsangst und Lustlosigkeit.

Heute ergänzen sich Ausweglosigkeit und Verlust wie Papst und Lieber Gott. Die beiden verschmerzen Verluste und verdammen die Ausweglosigkeit. Und Außenstehende können immer die Betroffenen in Ratschlagtücher wickeln. Ich wickle mich alle paar Monate aus diesen engen Maschen.

Bin ich doch neulich über eine Brücke gelaufen. Gemächlich. Mitternacht. Und vor mir zerhacken sich Freunde mit meinen Problemen. Heftige Argumente und Ratschläge erreichen meine Ohren. Ab und an dreht sich jemand um zu mir.

Und da laufe ich an der ersten Ausbuchtung des gemauerten Brückengeländers vorbei. Und sehe in der nächsten Ausbuchtung einen Haufen Riesenklamottengranitsteine aufgestapelt.

Behämmert von den Diskussionen vor mir, greife ich einen schweren Stein. Ein paar Schritte weiter hebe ich mühsam das Gewicht übers Geländer.

Niemand dreht sich um. Die Sekunden, bis der Brocken mit einem ekligen Geräusch die Mitternachtsstille zerberstet, nutze ich, um in der Ausbuchtung zu verschwinden.

Die vielen Ohren vor mir verdrehen sich vor Schmerzen über das häßliche Wasserklatschen. Alles dreht sich um.

Die Brücke ist menschenleer. Und um uns die kälteste Nacht in Deutschland seit hundert Jahren. Minusgrade behindern den Rettungsmut. Man stürzt auseinander. Hinab zum Ufer, zum Telefon und zum Teufel, was weiß ich noch, wohin.

Ich trau' mich nicht wieder aus meinem Versteck. Stromabwärts treibt's die Neugierigen. Ich schleiche stromaufwärts. Und bestaune Eisschollen und meinen groben Unfug. Minuten später bin ich wieder in der vorher gemeinsam verlassenen Kneipe.

Am nächsten Tag rief ich jeden einzelnen an. Atmen, deutlich, und eine kleine Stille im Hörer: »Wer ist daaa?« – »Na ich.« »Duuu bist doch...« – »Ne, bin ich nicht, ich bin zurück in die Kneipe, wer weiß, was Ihr da gehört habt...«

Zwei Tage später spazierte ich die Flußstrecke nochmals ab. Sehr ausgiebig. Der Schnee und die Kälte zwickten an meiner Nase. Ich lebte. Und beobachtete den Eisfluß. Und sah mich treiben in den Wellen des Vergessens. Scham und Enttäuschung in mir über meine Lügen. Das Ufergebüsch sprach mit deutlichem Kälteknacken über den Fluß. Bewegungslos aber das erstarrte Holz. Dünnknochig die Ästchen und atemlos.

Ich hauche ein Zweigende an. Minutenlang. – Das Graukaltweiße wird zerstört im Atemstrom auf ein paar Zentimeter Länge. Sichtbar plötzlich die verborgene, ängstlich zurückgebildete Blütenknolle. Ich halte den Atem an und trete zurück. Und in wenigen Sekunden sind die soeben freigelegten Zentimeter zugeeist, um sich geduldig auf Sonne vorzubereiten.

Und dann sehe ich erst den Feldhasen. Lebendig beobachtet er mich. Ich warte auf seinen Tempostart der Angst. – Aber denkste, er will nicht. Er will gerade erfrieren. Ich kenne mich aus mit echten Hasen. Und dieser beweist mit einem schräg abgeschossenen Ohr Erfahrung – aber er will erfrieren. Ich huste ihm eins und packe seine Last mir direkt auf die Haut unterm Hemd. Der rührt sich nicht, und ich empfinde die fellige Kälte als angenehm. So aufgeregt bin ich. Und mir brennt der Pelz, und ich blicke von oben in die Hasenaugen, welche nur eine Handbreit unter meinem Kinn den geöffneten Hemdenknopf ansehen und nicht mich.

Hemdenknopf und Hasenkopf verwirren mich.

Jedenfalls freundeten wir uns an bis zum Mai, und der Kerl, als alter Rammler, blieb am Tag seiner Freilassung, am gleichen Ufergebüsch, sitzen, bis *ich* mich davonmachte.

Dann erst fegte er los, um sich ein paar Bräute zu suchen. Angespornt von meinem Kraftfutter, eilte der schönste Renner Deutschlands nach ein paar Sekunden mir aus den Augen. Aber nicht aus dem Sinn.

Dann verfluchte ich Jäger und Hasenfresser.

Wieder ein Beweis, daß Fluchen dümmer als Hoffen ist. Und noch dümmer als Fluchen und Hoffen ist, Freude anderen Leuten aufzudrängen. Und wenn's die eigene Schwiegermutter ist. Besonders, wenn diese letztlich die Rechnung zahlen muß. Oder ihr Haus für meine Freude zur Verfügung stellen soll. Wie neulich – ich lud ein paar Literaten in die »Domäne« ein, ohne die Chefin in aller Form um Erlaubnis zu bitten und nur, weil ich in meinem Hinterstübchen wußte, daß die Chefin recht gerne liest. Aber das entschuldigt nicht meine Dummheit. Denn ihr Haus, zwar riesig, ist ihr Haus, und ich darf nicht einfach bestimmen, wer sich breit macht in ihren vier Wänden. Und so schafft man gedankenlos und unnütz Spannungen – Alltagskram ist auch eine Quelle der Mißverständnisse.

Baum spricht von einem Mißverständnis mit einer Jungfrau: Er will gerade sein Bier zahlen, als die Dame am Nachbartisch aufsteht, den Baum ansteuert und bittet: »Ich will abhauen und ein paar Tage bei Dir untertauchen.« – »Da hast Du kein Glück bei mir«, erläuterte Baum so nüchtern wie ein Lehrer das Einmaleins. Außerdem wollte Baum die Überraschung erst verarbeiten. Und das spürte die Frau. Deshalb war ihr: »warum?« angebracht. »Ab heute dulde ich nur noch Jungfrauen unter meinem Dach«, antwortete Baum.

Erleichterung eroberte das Frauengesicht. Baum stülpte die Zunge über die Unterlippe. Sein linkes Ohr behaucht das Weib: »Ein Pechtag für Dich: Ich bin Jungfrau.«

Baum will mehr: »Dann weise ich das Pech zurück: Du sollst eine Ausnahme sein und doch erst unter mein Dach dürfen, wenn Du nicht mehr Jungfrau bist.«

Die Dame wieselte ihre Zunge direkt und spitzzüngig in sein Gehörgängelchen: »Dein Pech verschlimmert sich: Ich bin Sternbild Jungfrau – oder dachtest Du an was Besseres?«

Daheim mit der Sternenfrau, stellte Baum zuerst sein Telefon auf die enggepreßten Schenkel der Dame: »Du mußt sicher Dein Verschwinden ankündigen, und ich will keine Suchmeldungen in der Zeitung lesen, und Dein Name soll in den Sternen bleiben, ich will nichts wissen.«

Am Telefon macht sie es kurz: »Ich bleib' weg für ein paar Tage, Sorgen könnt Ihr vergessen.«

Dann stellte sie die Technik weg.

Am siebten Tag warf die Jungfrau gerade den Schlüssel in den Baum-Briefkasten, als Baum die Haustür aufsperrte. Ein Taxi hupte vor dem Eingang.

Sie berührten sich nicht, nur mit allen zehn Fingern winkte sie ihm, und Baum bestaunte ihre Hände wie Schattenspiele in seiner Jugend und hörte deutlich ihr: »Du Rappelkopp, Du dämlicher, bleib anständig.«

Die verhaltene Vibration in ihrer Stimme paßte natürlich nicht zum Text, und Baum hatte Mühe, das Schlüsselloch zu finden.

Jahre später feierte Baum seinen Hochzeitstag mit einem Klassikerbesuch im Schauspielhaus. In der Pause verwöhnte er, zusätzlich, seine Achilles mit einigen Gläsern Sekt, was nicht verwunderlich ist nach zwei Akten Klassik.

Und aus einer Gruppe vornehm gekleideter Klassikfans stürmt, Gläser umwerfend und von unzähligen Augen verfolgt, eine äußerst vorteilhaft gekleidete Dame auf den Baum zu.

Und jeder hört ihr: »Du Rappelkopp, was für eine süße Gymnasiastin verziert Deinen alten Anblick!«

Und die Dame küßt zuerst den Baum und dann die Achilles. Und stürmt schon wieder zurück in ihren Gruppenkreis und mosert laut und deutlich: »Nun macht mal wieder die Mäuler zu.«

Bewundernd schaut die Achilles hinauf zu ihrem Baum und füllt zwei neue Gläser ab. Und prostet, über zwanzig Meter, der Dame zu und dann ihrem Manne.

Baum hatte im Moment das Stück vergessen, Titel und so. Dazu paßte der Achillessatz: »Nu weißte wohl nich, wat fürn Stück läuft, wa?«

»Achilles, kläre mich bitte auf, aber bitte auf bayerisch«, protestierte Herr Baum.

Der Hochzeitstag endete harmonisch. Und Herr Baum verzichtete auf die »Tagesschau« der nächsten vier Tage. Es blieben ihm erspart:

Zwölf Überfälle,
Neunzehn Hinrichtungen,
Sieben Verkehrsstauungen,
Zwei Atomunfälle,
Drei Massenkarambolagen mit neun Toten,
Drei Parteivorsitzende (Strauß nicht),
Zwei Grenzzwischenfälle (DDR),
Eine Ausweisung (DDR),
Ein Tankerunfall und ein Großbrand.

Und noch Unerwähntes. – Ein bißchen Harmonie – und schon kann man den Kopf entlasten.

Am fünften Tag sehnte sich Herr Baum nach seiner Eiche und nach der zottligen Wiese. Es war ein schulfreier Nachmittag, und er hoffte, die Lieblingsschülerin seiner Achilles möge nichts Besseres vorhaben und auch an die Eiche denken.

Die Vögel machten einen rebellischen Eindruck auf Herrn Baum.

Ihm war, als wäre das Gezeter nur für ihn einstudiert. Daß Vögel taktlos und laut sein Gemüt untergraben, war dem Baum eine neue Erkenntnis. Noch vorhin ein naturfreundliches Herz unter seinen Rippen, hätte Baum sein Leben gegen das italienische Vogelmorden eingetauscht. Jetzt aber machte die Natur rings um den Baum diesen etwas kopflos.

Baum, der Goethes Naturbetrachtungen auswendig jedem Publikum vorgetragen hat, spürte Rippenstöße und Maulschellen von einigen hundert Quadratkilometern Natur gegen sich.
Blätter und Grashalme prügelten gemeinsam mit größeren Gefährten auf Baums seelische Innereien ein.

Wer rechnet jetzt mit mir ab, fragte der Herr Baum sich heimlich.

Der Unbekannte und seine lange Vorbereitungszeit sind im Vorteil, ich kann nur meine Dummheiten abhaken, sprach der Baum mit sich selbst.

»Und nun schickt der Herr Unbekannt seine Rechnung nicht mit der Bundespost. Warum inmitten friedlicher Natur jetzt die Zeche zahlen?«

Baum überdachte die eigene Natur unter seiner Haut. Gut, ihm juckte zu oft das Fell, und die Achilles ringt sich Verständnis ab für Baums Vorliebe zu den Damen.

Zu mir spricht der Baum und zitiert Christa Reinigs. »Diese Familie ist lustig wie Stacheldraht.« Und er meint damit irgendwelche Leute aus Gretels Clan. Ich widerspreche heftig und deute seine Schwäche für Unterröcke an. Er wird heftiger und behauptet, daß eine komplette Familie – als Gesamtblock – nie Vorteilhaftes auf die Lebenswaage bringe. Und Familien mit ein paar Mark zu üppig auf'm Konto schon gleich gar nicht. Baum will wissen, daß die Gretel nicht zu ihrer Familie gehören kann, ich sowieso nicht. Behauptet doch der Baum, daß Gretel ein Findelkind ist. Und immer will Baum so ablenken von sich. Weil er mich kennt und ich seine Achilles mit meiner Gretel vergleiche. Außerdem schmeißen Baum und ich das Geld unserer Frauen aus den Fenstern. Er hat Doppelfenster, ich nur ein kleines Fensterchen.

Baum genießt sein Mitleid mit mir. Ich genieße seine Frauengeschichten. Mir ist die terroristenlose Ordnungs-DDR unheimlich, Baum bewundert diesen Staat. Aber nur als Block, meint er. Für mich ist das ein Eisblock, für ihn ein Politblock. Hier wählt er CSU. Ich SPD. Und er schafft es, seine Strauß-Liebe und seine DDR-Bewunderung zu begründen. Ich verstehe die Baum-Argumente, begreife sie aber nicht. Schließlich verstehe ich, daß der Mond die Autofahrt dulden mußte, begreife aber die Tatsache nicht.

Mir ist der Fortschritt unheimlich. Der Baum wird vom Fortschritt auch sexuell stimuliert. Sein Wunschtraum: Zwei Frauen, schwerelos, in einer Raumkapsel schwängern. Und live das Fernsehen dabei. Drei nackte Menschen schwebend zeugend. Dreihundert Kilometer über München. Moskau wär' ihm lieber. Aber die würden sich ausschalten, Bayern auch, aus der Übertragung. Gretel und ich versprechen, uns dann einen Fernseher zu kaufen. Aber erst dann. Vorher nicht. Nun werden wir alt ohne Fernsehen und Wohnungswechsel nach Norddeutschland. Baum beschimpft unsere Flimmerverachtung. Er versteht trotzdem unseren Tick, begreift ihn aber nicht.

Baum wartet also, inmitten vom Zottelgras, auf die Realschulfee. – Zwischenzeitlich hätte ja Baum längst das Jungmädchenzimmer nutzen können für ein Nachhilfestündchen. Doch muß der Winter, so philosophierte er, ihm erst diesen Ausflug ermöglichen.

Bis dahin sollte die Eiche junge Lebensqualität unter sich betrachten. Baum verehrte diese Eiche und ihren jahrhundertealten Geschichtskern. – Vielleicht hingen Bauern ihr froniges Leben aus am stämmigen Querast, und Martin Luther predigte unter Ast und Gehängten sein »wider die räuberischen und mörderischen Horden der Bauern« (Zitat aus einem Lutherbrief).

Und der Führer der Bauernaufstände, Thomas Münzer, Pastor wie Luther, begriff und verstand nicht seinen Gegner und Amtsbruder, den eifernden Bauernfeind Luther.

Baum, wir wissen es nun, bäumte sich auf gegen die Unordnung in seinem augenblicklichen Gemüt. Ungewißheit füllte ihn aus wie die Prüfungsangst die Karriereköpfe – sehr erfolgreiche Berufsmenschen berichten gerne, möglichst am Lagerfeuer in Lappland und nach der dritten Flasche Wein von ihren Examensängsten. Mit Stolz. Und das Feuer flackert Schwermut in die Falkenaugen und verdrängt die Leichen im Keller.

Baum erträgt die Spannung in sich mit ungeschickter Beherrschung: Als nämlich seine Achilles und nicht die Achilles-Schülerin ihn mit Eicheln bewirft aus unbestimmter Eichbaumhöhe und mit peinlichen Treffern, trommelt das Baum-Herz wie Hasen im Herbst.

»Unser Klassenliebling ist ausgewandert, mit den Eltern, wir müßten der Lust nachreisen.«

Abwandern, auswandern, herumwandern. – Baum durchwanderte nicht mal einen einzigen Tag – oder eine Nacht – mit dem Klassenliebling.

Mit einem Hund verwanderte er einen halben Nachmittag: Ersäufen sollte er den gescheckten Einäugigen eigentlich. Ins Eisloch versenken, eingebunden im Kartoffelsack. Und im Nacken die erfolgsgewohnten Befehlsaugen seines Vaters – obwohl schon drei Kilometer aus Sichtweite – und immer noch angetrieben von der nimmermüden Vaterautorität.

Und dann endlich Bauer Schneider mit dem Holzfuder unterm Arsch und vor sich die breiten Brauerpferde. – Hurtig den Köter versteckt unter die Bauernfüße und die warme Pferdedecke.

Und in den Sack plumpsen direkt, vom Treck erlöst, pfundschwere Pferdeäpfel, winterlich dampfend. Braugäule, vom Trecken gewaltiger Fuhren für Minuten erlöst, lassen fast immer gleichzeitig Dampf und Dung ab. Obwohl Kaltblüter.

Letztlich war Baums neuer Sackinhalt ein paar Gramm schwerer als vorher der Einäugige.

Bauer Schneider peitschte – eigentlich: tätschelte mit der Peitsche – seine Rösser wieder in die Riemen und Ketten, und wegen der bäuerlichen Anfeuerung verschob sich die Pferdedecke über Schneiders Knie, und Baum konnte sich verabschieden vom Gescheckten, wissend, daß ein frischer Knochen ihm serviert wird von Bäuerin Schneider.

Den Rücken angewärmt in der Nierengegend, schleppte der junge Baum den getauschten Sackinhalt hin zum Eisloch, wohl wissend, daß dieses – da frei in verschneiter Wiese liegend – schon ungeduldig beobachtet wird mit unterschlagenem Wehrmachtsfeldstecher vor Vaters kritischen Augen.

Später, in der Kneipe am Stammtisch, soll's den alten Baum wassereisig überlaufen haben während des eigenen Berichts – wie sein Sohn, der junge Baum, »den Köter mit Eisruhe ersäuft hat.«

Jahre drauf, Baums zwanzigster Geburtstag war grade gefeiert, befahl der alte Baum wieder die gleichte Aktion: Diesmal sollte der ausgediente Schäferhund unters Eis.

»Das machste selber«, schrofft der Zwanzigjährige zurück. Und hatte schon, wegen der rüden Absage, 'ne Maulschelle am überraschten Kopf.

Der junge Baum wuchtete, erstmalig seit zwanzig Jahren, zurück. Reflex! Der alte Baum, auch erst Mitte vierzig, demolierte die dreihundert Jahre alte stabile Bauernhaustür mit seinem Bauernkörper, der wie ein ganz junger Hund und nicht wie ein schwerer Bauer durch die Stube segelte, angetrieben vom Reflex des jungen Baum. – Vater Baum hörte nicht mehr, wie sein Weib gerade den Wasserkessel übers Feuer hängte – erst als pfeifend der Dampf den Siedepunkt ankündigte, erwachte der alte Baum. Und noch zwei

Schnäpse lang, dann war er wieder Herr seiner Sinne und Herr im Haus.

In ihm erwachte auch der Respekt vor seinem jungen Erben. Und als der Alte erst die zehn Jahre alte »Pferdemistgeschichte« begriff, hatte der junge Baum »ausgesorgt«.

Eine häßliche Vokabel: »ausgesorgt«. Häßlicher als die Argumente gegen die Ostverträge. Gut, »ausgesorgt« hat der Osten mit den Verträgen. Aber die Argumente gegen die Verträge werden dadurch nicht besser. Sie sind gut, weil nur eine Seite, der Westen nämlich, spekuliert hat auf Humanität aus dem Osten. Und trotzdem steckt der Westen jetzt Backpfeifen ein – na und? Das kann sich der Westen leisten. 'ne großartige Einseitigkeit, grade recht für Christenmenschen, für 'ne Christenpartei aber nicht. Westliche Berufspolitruks – oh, das war eine Vokabel für die von »drüben« – bedauern die Einseitigkeit – soll doch die Welt lachen über den »Ausverkauf unserer Interessen« (Christen-Zitat).

Wir können uns das leisten, das verkraften wir genauso wie den Strauß als Kanzler, der den Schwanz genauso einziehen wird gegenüber dem Osten – Gott sei Dank – wie es notwendig sein wird.

Den Schmidt lieb' ich, und der Strauß regt mich an, nicht auf. Gegenleistungen vom Osten? Gretel hat nie nach Gegenleistung gefragt. Und ich? – Für einen Riesenkonzern hab' ich etwas geleistet. Die Gegenleistung war demütigend. Darum hab' ich den Konzern beklaut. Vor zehn Jahren und aus dummer Wut. Der hat mich dann rausgeschmissen. Gretel hätte nicht geklaut. Ich würde heute auch nie mehr klauen. Eher soll ein Kaufhaus mich verbrennen, und ich würde keinen Strumpf klauen. Wer sich nicht satt ißt – satt lecken wird sich niemand, so mein Polenspruch.

Warum also Kaufhäuser kleckerkrammäßig beklauen?

Was für ein freundlicher Kapitalistensympathisant, höre ich jetzt aus einer Ecke. Und weiter pfeift's von da her: Ein bißchen Terror wär' nicht schlecht. – Jedenfalls könnte man Systeme gescheiter verändern. Öffentlich. Legal. Mit Humor. Freundlich.

Wie Baum sein Privatsystem. Auch Privatsysteme haben ihre Terroranschläge. Und Terror ist mir aus einem einzigen Grund zuwider: Er ist ohne Humor. Privat und öffentlich, in Gretels Krankenhaus und auf einer Kölner Straße. Und auch ein halb-öffentlich-privater Chefarztterror und Existenzangst im Öffentlichen Dienst gehören zusammen. In privatkapitalistischer Fron und im Öffentlichen Dienst: Man leidet unter Chef-Terror. Hochbezahlte Chef-Terroristen sind die öffentlich-noblen Brüder der Untergrund-Terroristen. Allerdings feindliche Brüder. Mit teurem Tuch und weißen

Kitteln als äußerlichen Zeichen des Klassenunterschieds. Dienstlich getragen.

Baum und sein Privatsystem leben ohne Markenzeichen. In Baums Privatordnung lebt nur ein einziger Terrorist – sein »kleiner Baum«. Der macht, was er will. Aber Baum genießt die Hilflosigkeit diesem Terroristen gegenüber. Baum weiß: Sein eigensinniges Bäumchen strotzt vor Humor, ist zügig aufgeladen, wach und schußbereit und doch anspruchslos. Bei aller Feingliedrigkeit. Sandstürme machen dieser russischen Kanone nichts aus. Ein deutsches Geschütz wär' anfälliger. Baum, Deutscher, fremd bewaffnet...

Baum sammelte heruntergefallene Eicheln und formte daraus das Substantiv »Lust«. Die Achilles veränderte das »s« in ein »f« mit geschickten Fingern.

Freiheitlich-demokratischer Boden – ein paar Zentimeter freilich nur – der Bundesrepublik Deutschland war geschmückt mit dem wichtigeren Wörtchen.

Durchatmend, mit Fäusten in Taschen, verließen Baum und die Achilles ihr Stamm-Eichbaum-Plätzchen. »Luft« – aus Früchten gebastelt – blieb zurück auf dem Waldboden und wartet auf die nächste Zerstörung. Vom Regen vielleicht.

Baum, der Systemveränderer seines Privatbereiches, und sein Weib aus Radldorf bei Straubing, nun die deutsche Eiche verlassend und die Hände ineinander wie verschraubt, überflüssigen Wortwechsel vermeidend, wußten, daß die Lieblingsschülerin auch als alte Dame, später, an einen besonderen Zehnmarkschein denken würde.

»Gut, daß sie den Abschied vermied«, unterbrach Baum aufkommende Zärtlichkeit. »Die Zeit ist unbestimmt, aber das Mädchen wird uns besuchen, unangemeldet«, ergänzte die Achilles.

»Vielleicht schon während den Höhepunkten im nächsten Wahlkampf – als Ablenkung«, versuchte Baum zu konstruieren.

»1984, sie einundzwanzig und ich zweiundvierzig, wie wirst Du das packen, Baum?« – »Schöne neue Welt und blendende Politiker werden meinen zynischen Pessimismus blenden lassen wie Luther die aufsässigen Bauern vor den Hinrichtungen.«

»Baum, ich will wissen, wie Du uns noch packen willst, 1984?«

Baum, der das typisch-bayerische »Packen« seiner Radldorferin schon raushörte und ins Hochdeutsche übersetzte, »packte« die Achilles ganz international: hirschig-bayerisch.

»Brunstzeit bis vierundachtzig, wie wär's?«, unterstützte die Achilles seinen Angriff, Sinfonie in der Stimme.

Baum bedauerte, daß Nachlässigkeit in ihm haust und er noch immer nicht ausknobelte, wer die Sinfoniker des 1947er Nachkriegskonzertes, in einem ausgekühlten Münchener Saal waren: Baum, siebenjährig und verzaubert vom Vorspiel des ›Freischütz‹, zerrieb Staubreste von mitgebrachten Pflichtkohlestücken aus seinen Händen direkt ins hitzigrote Kindsgesicht.

Wie Teufels Enkel äußerlich, erschreckte Klein-Baum den Lehrer Zippel.

Kinderschweiß und Kohlenstaub als geglückte Nachkriegsmischung, naturgerührt vom Hörerleben und ungetrübt. Und, bei Mozart, kohligschweißiger Geschmack im Kindermaul, weil die Finger blankgeleckt, was bei Mozart nicht verwundert.

Tränensalz, dann, bei Schubert, unter der Zunge. Das Gemisch, gut verdaut, konnte von Mutter Baum nicht ins Vergessen geschimpft werden. Auch die Menschen in der Straßenbahn, angefroren, lächelten nichts weg aus dem Kindergemüt.

Daheim, vorm Einschlafen, Scheuersandbrennen im Gesicht und auf Händen, dankte Baum dem Lehrer Zippel, welcher – nach den Schrecksekunden – den Kindskopf mit ruhiger Geste ein Ausatmen lang streichelte – den selbstgestrickten Handschuh vorher abziehend von der Lehrershand.

Baums Vorliebe für Selbstgestricktes hat nicht nachgelassen in den letzten dreiunddreißig Jahren – Lehrer Zippel und die Ewigkeit, sein gegenwärtiger Aufenthaltsort schon ein Jahrzehnt, verdienen Baums Aufmerksamkeit: Die Januarmusik von neunzehnhundertsiebenundvierzig und Zippels rotgefrorne Rechte – ist jetzt, im achten Jahrzehnt, noch immer fühlbar, frisch und unkonserviert, obwohl Glatzenbildung frech nach Fortschritt schreit.

Baum, der vom Fortschritt so viel versteht wie die Kuh vom Sonntag, fährt durch seine Kindheit wie durch einen glücklichen Traum, anschließend vergißt er die Nachkriegszeit und das Erwachsenwerden.

Und der jährlich neue Zeitgeist zertrommelt die Neuigkeiten noch vor Erreichen Baumscher Ohren und Neugier.

Gemächlich wird Baum den Wahlkampf von heute erst übermorgen, also 1992, aus Archiven fuseln. Was sind schon zwölf Jahre – weniger als zwölf Geschworene.

Baum von Lehrer Zippel angesprochen: »Was war drinnen denn im Sack?«, nach der Eislochgeschichte, wird zehren und leben von dieser Lehrersfrage »bis die meinen Sarg zunageln«.

»Begreife das, da drillt mich mein Erzeugerpaar, ich dampfe vor Wohlbehütetsein, und ich mache denen 'nen Hundemord vor, und die bewundern mich und glauben's noch.« – »Aber Du hast doch dem alten Baum den Ast vollgehauen«, versuchte ich zu trösten. »Ich hätte den Hund ermorden sollen.« »Er ist kein Hund, nur Dein Vater«, versuchte ich zu beruhigen. Faucht der Baum zurück: »Deine Katze öffnet alle Türen, was sehr selten ist, beweist, obwohl Freilandvieh, Charakter und Zuneigung, und wir Zweibeiner öffnen Türen, was nicht selten ist, und schleppen Mißmut ins Haus, die Katze aber die diskrete Anschmiegsamkeit.« »Baum, oft ist der Erfolg die Quelle von Mißtrauen, Mißmut, Wut und Unfreundlickeit.« »Du spinnst, wieso?« »Baum, ein erfolgreicher Schlosser wird freundlicher sein als ein erfolgreicher Dichter.« »Warum willst Du mich einschläfern?«, maulte Baum zurück.

»Baum, weil in heiterer Runde ein berühmter Dichter mich abschätzte wie einen Kochlöffel. Bestimmt war ich ihm zuwider, zu unbedeutend, unbescheiden, und seine offene Unfreundlichkeit hab' ich ganz allein provoziert, und das verdammte ›Wie‹ hat er mir nicht verraten. Baum, der Dichtermillionär – er schätzt einen Freund, und dieser Freund und ich sind sehr gut miteinander, und das entschädigt ›mein betroffen Herz‹.«

Die letzten drei Worte versuchte ich ironisch.

»Jedenfalls wird ein weltberühmter Dichter sensibler sein als ein weltberühmter Schlosser und Dir mal ruhig auf die Finger haun dürfen«, verstärkte er seinen Angriff.

»Gott sei Dank geht die Welt unter ohne Schlosser und blüht aber ungeniert ohne Dichter«, spitzte ich zurück.

Und setzte noch drauf: »Drei schlechte, schludernde Schlosser schaden mehr als ...«, als die Achilles Spiegelei mit üppiger Schnittlauchzugabe servierte und dazu den neuesten Wahlkampfkitsch trällerte:

Die SPD, die SPD
Die tut den kleinen Leuten weh
Drum wählen wir alle mal
Lieber gleich das Kapital.

Und das aus dem Bayerischen Rundfunk. »Ne Sendung über Wahlvorbereitung«, wie die Achilles erklärte.

Einige Wahlvorbereitungen im Igelstaat galten mir: Nämlich – mich an die Urne zu bugsieren. Meinen Standardsatz: Lieber *in* die Urne und vergraben, als *an* die Urne und wählen, kannten die jährlich selben Genossen vor meiner Wohnungstür. Verpfiffen haben die mich nie. Außerdem wankten die immer Stunden später über meine Treppen ins Freie, originalen Russenwodka im Bauch.

Oh, einmal bin ich doch mit hin zur Kabine. Aber nur, um die

Wahlkabine zu besetzen – weil sich nie ein Bürger da hineintraut, wenigstens kenne ich keinen. Und die Parteibrut schwillt vor Stolz, daß die Schäfchen nie die Kabinen benützen.

Endlich, neugierplatzend, bugsierten mich zwei Abzeichenträger aus dem intimen Holzgestell und drängten mich an die Urne. Hinein stopfte ich meinen Wahlschein, mit meinem Standardsatz säuberlich beschriftet.

Ach, in der DDR wird man abgeholt, wenn man nicht von allein zur Wahl geht. Die kommen dann, die Eifrigen, und fragen: Warum gehst Du nicht zur Wahl? Jedenfalls war es bis 1968 so.

Der Schnittlauch und die Eier regten an zum Spaziergang, und eigentlich interessierten die von Baum so gut vorgetragenen Naturbetrachtungen aus Goethefeder mein Gemüt. Baum, vertraut mit meinem Neid und der Bewunderung über seine und des Fürsten Leistung, wollte die Szene vor der Schnittlauchkur auch gerne ausbügeln. Ich auch.

Heimlich hoffte ich, meinen Freund und sein schräg abgeschossenes Ohr zu entdecken. Doch grunzte, obwohl der Baum sich erholen wollte, von seinen Vortragskünsten, nur ein Igel während des Nachmittagsschläfchens.

»Is des a liabs Popperl«, schnalzte die Achilles (Ist das ein liebes Püppchen).

Wie konnte ich wissen, daß die Achilles aufgewachsen ist mit einem Stoffigel?

Außerdem hörte ich ähnliches – »Mei, war des a liabs Popperl« – (Jetzt ohne Übersetzung) schon mal im Metzgerladen: Gemeint war die Gretel, und gesprochen hat's die Witwe vom Gutsverwalter. Rund, rosig, zöpfig, drall und still soll sie auch gewesen sein. Geblieben ist nur still. Natur ist zuerst still.

Die Sonne machte sich davon oder, wie Arno Schmidt sagt: Helios parkt seinen Wagen.

Und mein Rammler pflegte vielleicht sein demoliertes Ohr, obwohl grad wieder Brautzeit. Nicht mal ein Kollege oder 'ne Braut erfreuten unsere drei Paar Augen. – Das mit dem Ohr ist gar nicht erfunden: Während seiner Kur unter meinem Dach beobachtete ich die geschickte Hinterhax, welche das Restohr putzte mit vorsichtigem Bewegen. Und ausdauernd.

Am 17. Juni '53 putzte ein Russe mit kosmischer Ruhe das Panzerrohr vor unserem Haus: Ich schusseliger Knabe gab nämlich erst fünf Kilometer vor dem Haus dem Rad die Sporen, obwohl die Sperrstunde grad eingeläutet war, was ich auf abkühlender Landstraße nicht gehört...

Und die Wiesen ohne Kühe an dem Tag. Und plötzlich Russen aus dem Rinderoffenstall, welcher von der Partei und nicht den Bauern gebaut, mitten auf der Weide, gestürmt. Ich ihr Ziel. Und ihre Sprache, mein Pflichtfach in der Schule.

Wütend schimpft der Hauptmann mich ins Bett. Und ich dem meinen Standardsatz serviert: »Na pluwatch, na krawatch, na pou budjem spatch.« – Auf's Bett spucke ich, ich schlafe auf der Erde–. – Und freundlich werdend, gibt der mir 'nen Panzer mit – als Geleitschutz bis vor die Tür. Und weil doch Dunkelheit herrisch nach Vorrecht drängte und dann die Soldaten zielen müssen auf jede Bewegung, die nicht genehmigt und gemeldet.

Ich heftig die Pedale traktiert und hinter mir der Panzer scharf geladen und mit Gerassel wie tausend Kerkerketten. Der Abstand nicht zu weit, da sonst ein Fluchtbild sich ergibt, welches reizen könnte zum genauen Schuß von eifrigen Soldaten, die gelangweilt die Strecke observieren.

Gleich an der Einmündung der Landstraße endlich das Haus der Eltern in Sicht, strategisch günstig und trotzdem übersehen vom Oberkommando.

Und dann der Koloß vier Tage vor der Tür und jeden Tag das Rohr gewienert. Und nur ich durfte den Panzer besetzen wie sonst die Hundehütte: reinkriechen, balancieren auf dem blankgeputzten Rohr – und voller Neid die andern Blagen.

Das war ein angenehmer, freier Tag – wie heut' für die Bundesbürger. Im achtziger Wahljahr werden Millionen Bundesdeutsche schon ab 13. blau feiern und erst am achtzehnten wieder Dienstmützen aufsetzen.

Auf Hasen setzen sollte man nicht in Bundesnatur – wenigstens kühlte sich der Schnittlauchspaziergang ab in zusätzlich schrankenlose Naturbetrachtungen aus der Fürstenfeder. Baum, in der Zitierform seines Lebens, bewies, daß mir alles fehlt, was Herz und Schmerz ausmacht.

Zuhören öffnet Augen:
Unter anderem bin ich ohne Welt, die mit ihrem
Gewicht auf mein Gemüt drückt
ohne Trauer und Irritation
auch das Jammertal kenne ich nicht, kein heimlicher
Schauder ist in mir, keine unerklärbare Freude, bin
nie trunken vor innerer Stärke, Widerwillen gegen
alles, was um mich herum ist, kenne ich auch nicht
An der Welt als solche leide ich nicht, die Tatsache,

daß ich geboren bin, freut mich besonders
Entsetzen über dieses »Scheißleben« ist mir fremd
wie eine Raumstation, Optimismus und Lebenstüchtigkeit quälen mich nun gar nicht
Leistungsnachweise im Unglücklichsein bringe ich nicht
Kredit bei Professor Weltschmerz wird mir heftig verweigert
Überleben ist gar nicht schwierig für mich in diesem Staat
und ich frage mich – *was* ist eigentlich »beschissen?«
und *was* ist »existenziell?«
und *was* ist kritisch und weltverneinend?
und gesellschaftskritisch und zeitlos zu sein, geht
mir nun schon auf die Nerven wie der Terror-Chef
in Gretels Krankenhaus

Die Faschisten ermordeten Biermanns Vater, und Heino war Filbingers Hofsänger mit Erika-Liedern. (Nichts gegen Heino.) Es ist nur – der ›Spiegel‹ verglich Biermanns ›Heine-Abend‹ mit Heino. Und wenn's stimmen würde, wär's noch immer nicht originell, nur bös. Und Goebbels, hab' ich gehört, hat auch darüber hämisch gelacht. Unten. Und ich fauler Mensch hab' vor lauer Bequemlichkeit den schlauen ›Spiegel‹ noch immer nicht abbestellt. Das wär' ein Grund gewesen.

Lieber den ›Spiegel‹ zum Kultur-Feind, weil der einen Schreiber schlachten kann wie unser Metzger seine Schweine – wenn du einen Hund schlagen willst, so findest du immer einen Stock, sagt man in Polen – als den Heino-Vergleich verdauen. Der ›Spiegel‹ soll einen ganzen Schuppen voller Knüppel haben.

Den Vergleich kann ich nicht runterschlucken, auch wenn ich Biermanns Todfeind wär'. Scheißegal, ob ich in einem überfüllten DDR-Saal gegen den Einmarsch in Prag maule oder gegen dieses »Heino statt Heine«. Hilflos macht mich beides. Bosheit macht hilflos. Das ist es.

Die Hasen ließen sich nicht blicken, und ich war sauerbös auf Rammler Halbohr.

Jedenfalls hab' ich das Halbohr nicht erst gefüttert und dann geschlachtet...

Ach, wenn ich nur so schlau wär' wie der ›Spiegel‹ in fünf Zeilen. Und durchblickend wie Joachim Kaiser in der linken Fingerspitze (kleiner Finger).

»Was für'n Finger«, blubberte (Sächsisch für »meckern«) Baum in meine lauten Gedanken.

Dann busselte ich die neun Finger der Achilles – einen hackte ein Radldorfer Erntemesser in die Ewigkeit – stemmte den Baum an meine Brust und hoppelte, weil mit den Gedanken beim Rammler, zurück in die Büsche.

Kein ›Spiegel‹ kriegt mich da raus.

P.S.: Helios hatte eingeparkt.

»Ich wollte Sie nicht erschrecken«, hörte Frau Killius. Der deutliche Sprecher machte einen normalen Eindruck. Die Dame atmete auf. Die Fußgängerzone vor und um die Frau rückte sich wieder in die rechte Lage. Außerdem lächelte der Mann nicht.

Im Augenblick des Ansprechens dachte Frau Killius an ihren Angeheirateten, und der Mann wußte sofort, die Frau hat schon mal Mörike gelesen und kennt vielleicht sein »Mergentheimer Haushaltsbuch« auswendig. Einschließlich der Zeichnungen.

»Auf'm Rathaus fehlt der Turmhahn«, erwähnte der Mann nur deshalb, weil Frau Killius mitten im Schritt stehenblieb, zu dem Mann aufsah – denn der Mann war etwas länger als die meisten Fußgänger – und somit gleichzeitig auch den Rathausturm im Blickfeld haben mußte.

»Eine Anspielung auf Mörikes ›Der alte Turmhahn‹ ?« fragte die Frau.

Die deutliche Sprecherin machte einen normalen Eindruck. Der Herr atmete auf. »Zu Cleversulzbach im Unterland/Hundertunddreizehn Jahr ich stand...«, zitierte der Mann den »Alten Turmhahn«.

Die emsigen Menschenleiber ringsum verstanden sowieso nichts. Und als Frau Killius von Mörikes Federzeichnung, welche den alten Turmhahn in einer linksgeneigten Kopfstellung darstellt, schwärmte, hörte der Mann die Turmuhr Zwölfe schlagen.

»Nun beweise ich Ihnen, daß ich verrückt bin, Sie Mörikekennerin«, tat der Herr kund.

»Und wie machen Sie das?«

»Indem ich Sie jetzt nicht an mich reiße, wie es ein normaler Mann tun würde.«

»Und was für Vorschläge hätten Sie noch?«

Nach dieser Frage sah die Frau wie Eleonora Duse aus. Das berühmte Bild der Dame – hochgeschlossener Kragen, eine dunkle und üppige Frisur, hochgesteckt und mit kräftigen Locken, ein sanftkantiges Kinn mit den beinah übervollen Lippen, die Kerbe über der Oberlippe, die deutliche Nase und die dunkle und sehr kräftige Welle aus den Augen, vielleicht zu sehr verstärkt durch einen breiten, aber ebenmäßigen Busch über dem sanftnachdenklichen Blick.

»Wie oft hat ein Maler Sie angesprochen?« so die Gegenfrage des Mannes.

»Noch nie.«

»Das soll ich glauben?«

»Ja.«

»Aber Duses Freund, der Rilke, hätte Sie jetzt auch angesprochen.«

»Aber die Duse war über fünfzig, als Rilke täglich in Venedig mit ihr zusammen war – und dann die grotesken Briefe an die Taxis über die Duse, nicht gerade fein von dem Rilke, finden Sie nicht?« Der Mann schnaufte durch. »Heut' vor fünfzig Jahren, ne – vor dreiundfünfzig Jahren wurde Ihr Rilke in die Erde zurückgelegt, wußten Sie das?« Das Thermometer zeigte zehn Minusgrade, und dem Mann wurde feucht unter seinem Hut. »Ist Ihnen nicht gut, Ihre Stirn dampft, spüren Sie das nicht?«

»Und dreiundfünfzig Jahre vor Rilke hat man den Mörike in die Erde zurückgelegt«, antwortete der Mann sehr leise.

»Ja, das war aber im Sommer 1875, und ein paar Monate später war dann schon Ihr Rilke auf der Welt«, lächelte die Dame.

»Wie lange bin ich eigentlich schon auf der Welt, wissen Sie das vielleicht auch?«

»Nein, nicht genau, aber ich werde dabei sein, wenn man Sie wieder in die Erde zurücklegt«, antwortete die Dame mit natürlichem Nachdruck. Der Herr nahm seinen Hut ab. »Sehr üppig sieht's nicht auf Ihrem Kopp aus.«

»Darauf bin ich stolz.«

»So«, sagte die Dame mit einem ganz, ganz kurzen, kaum hörbaren »o«, aber mit einem scharf zischenden »s«.

Frau Killius dachte an die gestrige Neujahrsfeier, die Silvesternacht und an das Versprechen, das sie ihrem Mann gab: Ihn nie zu verlassen und, sollte es so sein, für ein schlichtes Begräbnis zu sorgen. Aber Herr Killius war nur neun Jahre älter und fünf Jahre jünger, was das Vitale betrifft, als Frau Killius. Frau Killius konnte nicht klagen. Gut, Herr Killius hielt Mörike für den Linksaußen von Bayern München, aber die Hausbank des Herrn Killius wußte, daß Herr Killius ein Krösus war. Und Frau Killius ging ein und aus bei der Hausbank. Herr Killius hätte auf Anhieb die Bank gar nicht gefunden. Er hatte nur die Telefonnummer der Bank im Kopf und den Namen des Herrn Direktors. Herr Direktor kam, wenn es sein mußte, selbstverständlich zum Kunden Killius, per Order, das war ausreichend.

»Ja, ich bin stolz über meinen bescheidenen Kopfschmuck«, unterbrach der Herr die Gedanken der Dame.

»Wie mein Mann, der trägt einen Dschungel auf seinem Haupt.«

»Möchten Sie wirklich dabei sein, wenn der Herr Pfarrer mich verabschiedet?«

»Ich freue mich, daß Sie nicht locker lassen – ja, ich will mir das ansehen.«

»Würden Sie trauern?«

»Ja, aber nur, wenn Sie so verrückt bleiben wie jetzt.«

»Möchten Sie, daß ich im Januar, wie Rilke, oder im Juni, wie Mörike, eingegraben werde?«

»Juni, auf jeden Fall Juni, machen Sie nur keinen Blödsinn und fahren Sie im Januar ab.« Jetzt nahm Frau Killius ihr Taschentuch aus Leinen und tupfte die feuchte Stirn des Herrn ab. Dabei wippte sie auf den Zehenspitzen, obwohl das gar nicht nötig gewesen wäre. So lang war der Mann nun auch wieder nicht. Sie verkürzte aber den Abstand zu den Lippen des Mannes. Und der Pelzmantel berührte die Handrücken des Mannes.

Wie steh' ich nur da, dachte der Mann.

Dann spürte die Frau Killius die linke Hand des Mannes an ihrer rechten Brust, kühn durch zwei Mantelknöpfe gedrängt, und die rechte Hand des Mannes wärmte den Nacken der Dame. Und wieviel Zeit die Lippen nicht gerade vertrödelten, konnte eine Stunde später weder die Dame noch der Herr rekonstruieren.

»Eigentlich wollte ich Geldgeschäfte auf der Bank erledigen, und wo bin ich jetzt – bei einem Mann, der mir teuren Champagner, vom Geld meines Mannes gekauft, in den Nabel schüttet und sonstwo noch hin, der mich schreien läßt wie in einem Pornofilm und der an Rilkes dreiundfünfzigstem Beerdigungstag meine Frisur wie ein Sturmwind zerfetzt. Was denkst Du Dir eigentlich?«

»Wie hast Du sonst Rilkes Todestag gefeiert?«

»Den fünfzigsten mit einem Festakt in einem Gymnasium.«

»Und die anderen?«

»Die hab' ich oft vergessen.«

»Man sollte Anfang Dezember Rilkes Geburtstag feiern, Ende Dezember seinen Todestag, im September Mörikes Geburtstag und im Juni dessen Todestag. Wie denkst Du darüber?«

Frau Killius wußte, daß sie mit dem Mann noch einige Feste feiern würde. Zumindest, bis er eingegraben wurde. Jedenfalls nahm sie sich vor, vorher die Bankgeschäfte ihres Mannes zu erledigen.

Duld trägt seinen Kopf bewußt aufrecht. Duld erschuf sich den Titel »Romancier«. Er schmückt sich mit einem grauen Bart, und trotzdem wirkt er auf seine Mitmenschen wie ein junger Gott.

Duld mag seinen Namen nicht. Aber vielleicht trägt sein Name dazu bei, daß Kritiker kostbare Zeit nicht verplempern und sofort jeden Roman aus Dulds Feder in die Zange nehmen.

Seit einiger Zeit bereist Duld mehrere Länder. Gestern verbrachte er auf einer Trauminsel einen aufregenden Tag: Der Himmel über Dulds Kopf gehörte zur anderen Globushälfte. Dulds Brille feuchtete den Nasenrücken an. Und wegen der aufrechten Kopfhaltung trödelte die Brille zum dickeren Ende der Nase. Duld flutschte die Optik wieder an die Nasenwurzel, gleichzeitig übte er seinen Unwillen an den literarischen Ergüssen eines unbedeutenden Kollegen. Telefonisch. Die Kosten der ein paar tausend Telefonkilometer übernahm der Verlag. Gerade mußte Duld zugeben, in einem wohldosierten Nebensatz, daß er keine Zeile des unbedeutenden Kollegen kenne, als selbiger plötzlich auftauchte und dem Romancier schüchtern zuwinkte.

Duld, der in seinen Romanen außerordentliche Szenen erfindet, begriff sofort, daß das anwesende Opfer seiner Attacken nicht wissen konnte, um wen es bei dem Telefonat gegangen war, denn Duld hatte zwar sehr laut gesprochen, doch keinen Namen genannt. – Mit einer freundlich einladenden Handbewegung forderte er den Ankömmling auf, näherzutreten.

Jener setzte sich, der Befehlshand des telefonierenden Romancier folgend, auf die Bastmatte neben Herrn Duld.

»Sie wissen doch, ich kann nur schon einigermaßen bekannte Namen fördern, was soll der Mann bei uns?« hörte der unbedeutende Mann auf der Matte. Dann beendete Duld den Verlagskontakt und gab den Apparat einem schwarzen Menschen, der ihn gleichmütig langsam wegschleppte.

»Sie hier und nicht in Deutschland?« fragte Duld. Eigentlich hatte er München, Hamburg oder Plauen sagen wollen, aber er wußte nicht, welcher Ort auf den unbedeutenden Kollegen zutraf. Außerdem war es ihm peinlich, daß er nicht leugnen konnte, den literarisch Unbedarften flüchtig zu kennen. Und nun freute es ihn recht, daß er noch keinen Satz aus der Feder dieses lästigen Menschen gelesen hatte.

»Kennen Sie Bänder?« – dieser Name hatte soeben in Dulds Kopf seine Geburtssekunde – »Haben Sie schon mal etwas von ihm gelesen?« fragte Duld ganz ohne Arg.

Stummsteif und ganz ohne Worte verneint der Besucher.

»Diese Verlage – immer meinen sie, daß ich ein Talent fördern soll, dabei habe ich doch Ihnen geholfen, und das reicht für dieses Jahr, finden Sie nicht?«

Ein wortloses Jaja deutete der schweigende Kollege nur an.

Die überfüllte Natur ringsum lärmte wie ein einfahrender U-Bahnzug am Münchener Marienplatz. Der Romancier und sein unbedeutender Kollege spürten die Lärmwellen und warteten auf das nächste Abebben der tausendfachen Vogelstimmen und des dumpfwindigen Palmenrauschens.

Richard, so war der Unbedeutende getauft worden, evangelisch, legte dem Romancier dessen neuestes Buch auf die Schenkelinnenseiten. Der Romancier bevorzugte den Schneidersitz schon seit seiner Jugend. Richard errötete, als das Buch zu den dicken Enden der Romanciersschenkel rutschte und den prallen Romanciersmittelpunkt anbeulte.

Duld war höchst erfreut und nur zu gerne bereit, eine herzliche Widmung auf die Titelseite seines Werkes zu schreiben.

Bescheiden las Herr Schnick: Mein Freund Schnick sollte meine Werke nicht so ernst nehmen – herzlichst, Ihr Duld.

Schnick und der Wind atmeten aus. Der unberührte Urwald hinter den Rücken der Herren schickte seine Bewohner in den Mittagsschlaf. In der unverhofften Stille überreichte Schnick Herrn Duld noch ein dünnes Büchlein.

Nun war es an dem Romancier, den Herrn Schnick um eine Widmung zu bitten – im letzten Moment hatte Duld erkannt, daß Schnick der Autor des Büchleins war. Duld hatte nämlich schon das Büchlein zu seinem dickeren Opus dazugesellen wollen in der Annahme, es handele sich dabei um ein eigenes früheres Gelegenheitswerk. Nostalgisch gerührt war sein Blick einen Moment auf dem schmalen Bändchen verweilt. »Richard Schnick« – prangte ihm als Autorenname entgegen.

Schnick zuckte seinen Füllfederhalter und schrieb: Mein Freund Duld sollte meine Werke nicht so ernst nehmen – herzlichst, Ihr Schnick.

Duld sah nach der Widmungslektüre auf seinen jüngeren Kollegen, stand aus seinem Schneidersitz auf und bemerkte: »Herr Schnick, Sie haben Humor.«

Schnick hatte das Beleidigte aus Dulds Stimme fein rausgehört, denn Wind und Wald hatten noch immer Mittagspause. Duld blieb freundlich, weil sein Romancierskopf noch immer nicht begriff, was der Schnick auf dieser Insel eigentlich wollte.

Und als Schnicks »Danke« längst verklungen war und der Sprecher verschwunden, wurde dem Romancier bewußt, daß der Schnick nur dieses einzige »Danke« gesprochen und daß der Schnicksche Besuch ganze zwei Minuten gedauert hatte. Die Widmungsschreiberei eingerechnet. Duld fühlte sich nicht wohl. Schnick war entschwunden und Duld wußte, daß er nicht geträumt hatte: Schnicks Füllfederhalter steckte noch in dessen literarischem Dünnwerk.

Duld las nochmals die Widmung und wußte, die ganze Besuchsszene hätte in einem Roman von ihm stehen können. Dann probte Duld in Gedanken seinen Auftritt: In zehn Minuten mußte er im Goethe-Institut aus seinen Werken lesen. Er wußte, er würde Schnick in der ersten Reihe sitzen sehen.

Duld las sehr konzentriert die ersten Seiten des aufgeschlagen auf dem Lesepult liegenden Buches. Und als er gewahr wurde, daß er dem gefesselt lauschenden Publikum Schnicks Werk vortrug, machte er, von heftigen Schweißausbrüchen begleitet, tapfer weiter.

Am Schluß dieser denkwürdigen Lesung bestürmte aufbrandender Beifall seinen Romanciersverstand.

Schnick eilte sofort zu Duld hin, und seine Gratulation spornte das Publikum zu noch größerem Jubel an.

Schnick, ganz in der Manier des einstigen deutschen Führers, zauberte mit einer einzigen Armbewegung Ruhe in den Saal. »Das war der größte, lebende Romancier deutscher Sprache, wir wollen ihm danken!«

Dulds Dankbarkeit erreichte den Herrn Schnick nicht. Flugzeuge warten nicht...

Daheim in Deutschland fand Schnick ein Telegramm eines bedeutenden Verlegers vor: »Duld hält große Stücke auf Sie. Bitte um Ihren Besuch. Ihr Heinrich W.«

In den letzten zwei Jahren sollen sich Duld und Schnick gelegentlich gegrüßt haben.

Ein Dichter, den ich zu erraten suche

Reichlich tröpfelten die Kontakte durch sein bisheriges Leben. Seit einiger Zeit, das fühlt er, sinkt der Spiegel im Brunnen seiner Gesprächigkeit – ohne besondere Aufregung.

Die Sätze der letzten Woche empfing vor allem seine Frau. Abgekämpft kommt die jahrzehntelange Gefährtin seines Leibes und seiner Seele von ihrer Arbeit heim in die gemeinsamen vier Wände. Sein Herz ist ausgefüllt von ihrem Verständnis.

Er kann sich konzentrieren auf Wörter und Sätze, welche ihm schon oft Anerkennung aus vielen Weltgegenden, also internationale, ins Haus bescherten. Aber die Bescheidenheit ist ihm durch Würdigungen seiner Arbeit nie verloren gegangen.

Er träumt – er wacht – er widersteht.

Er widersteht allen Verlockungen einer sich hektisch gebenden Öffentlichkeit: der nicht stillen, sondern lärmenden Mehrheit. Man könnte sich vorstellen, daß seine ausgesprochen zarte Genauigkeit, die vorbildliche Kraft und Ernsthaftigkeit gegenwärtig nicht besonders »in« ist.

Nicht erst im Jahr neunzehnhundertachtundsiebzig stieß er auf den eindringlichen Pfad stiller Zurückhaltung. Aber mit der Zeit hat sich sein Bedürfnis nach Abgeschiedenheit verstärkt. Bis heute.

Deshalb kann er die Sätze nicht nur beim Schreiben behutsam treffend formulieren – auch im Gespräch füllt er mit dem Honig seiner fünfzigjährigen Lebenserfahrung die Waben der jeweiligen Zuhörer.

Alles Derbe scheint ihm fremd. Ironisch aufgedonnerte Fakten rufen seinen Widerspruch hervor. Und auch dieser wird eher behutsam formuliert.

Er wird beneidet von seinen Gesprächspartnern und kann nichts damit anfangen. Seine Leser und alle, welche ihn persönlich nicht kennen, spüren es: Er ist kein Showman.

Ein ausgezeichneter Menschenkenner – auch ein beruflicher – käme in der Straßenbahn sicher zu dem Urteil: Ihm würde ich meine Kinder anvertrauen. Oder meine Geheimnisse. Sofort. Meine Frau? Nein, die nicht. Wenigstens nicht so rasch. Frauen nämlich begreifen das Herz eines Mannes viel schneller und haben eine Schwäche für Güte.

Und sollte er einmal ein ganz simples Straßenbahngespräch beginnen, sein Gegenüber würde schon nach kurzer Zeit behaupten: Sie sind ein Dichter!

Und nicht nur der Menschenkenner wäre froh über diese richtige Einschätzung.

Gerade auch ein unbelesener Mensch, eine Arbeiterin vom Fließband, würde ihm auf der Stelle Kind, Geheimnis und Sparbuch anvertrauen.

Ist er so scheu, weil er sofort und oft mit Vertrauen überschüttet wird? Oder haben ihn Nahestehende enttäuscht? Freunde verraten? Und die unlösbaren Probleme des Lebens – sind sie ihm zu sehr vertraut?

Es ist außerordentlich angenehm, daß er mit seinen Geheimnissen leben kann und nicht offen für uns ist wie eine frisch gezogene Rübe, die nur noch wartet, auf das Pferdefuhrwerk geworfen zu werden – oder – Pferde fressen Rüben mit besonderem Hunger.

Und was wollen wir eigentlich?

So genießen wir ihn, wie er sein will – als Urheber stiller und treffender Sprache. Er will unsere Freizeit ausfüllen mit Nachdenklichkeit und verborgener Schönheit. Nie erreichen wir den Horizont seiner Sätze. Wir nähern uns ihnen, so gut wir können, aber der Horizont weicht weiter zurück.

Wir könnten auch Boot rudern oder ein Nickerchen pflegen während der freien Tage. Aber er will uns mit sanfter Geduld lehren, Stille zu atmen, mit und ohne seine Sprache. Und haben wir es mit ihr zu schaffen: Dann bitte Klingel und Telefon abstellen, oder am besten gleich in den Wald, bei Sonnenschein, versteht sich.

Seiten aus seinen Büchern zu lesen und dabei unterbrochen zu werden: Das wäre, wie beim Liebesspiel von der Polizei gestört, weil die Milch inzwischen zum Fenster rauskohlt. Der Körper bereitet sich vor zum Sterben in Freude und wird aus der Bahn geworfen – wie aber kann man dieses Ereignis so schnell wiederholen? Ja, paßt auf, daß die Nachbarin nicht schellt, weil ihr das Salz alle wurde. Vorsicht, Vorsicht, während des Lesens seiner Bücher!

Alles um uns blitzt und grollt – der Alltag, das Geldverdienen, die Ehe – und er sagt sich: Nun gerade soll euch mein Mut zur zarten genauen Nachdenklichkeit ein besonderes Fest sein.

Die Öffentlichkeit umarmt mit Vorliebe die Mörder der Sprache.

Aber er schreibt, wie Scarlatti komponierte. Und er lebt. Mitten unter uns.

Wieviel Zeit braucht der Mensch, um das Glück zu begreifen?